AF509748

LIVRES D'ÉTRENNES

ET

LIVRES DE LUXE

◆

OUVRAGES A GRAND RABAIS

ET

OCCASIONS

A partir de **25** *fr., les envois sont expédiés* **franco** *dans toute la France.*

E. FLAMMARION & A. VAILLANT

Galeries de l'Odéon, 1 à 9, et 4, rue Rotrou.

Envoi franco des Catalogues de LIBRAIRIE, MUSIQUE, PAPETERIE, GRAVURES

VOLUMES ANNUELS & PUBLICATIONS DE NOËL

Le Tour du Monde. Journal des Voyages (année 1898). Chaque semestre, br., 12 fr. 50. net . . . . 10 fr. 95

Les deux semestres réunis en 1 vol., relié, 32 fr. 50. . . . . net 28 fr 25

Le Journal de la Jeunesse. (Année 1898) Chaque semestre, rel. percaline, 13 fr., net 11 fr. »

Mon Journal. Illustré de gravures en noir et en couleurs (année 1898). 1 vol. in-8, cartonne, 10 fr. . . . . net 8 fr. 75

Revue Mame (année 1898). 1 vol. in-8, relié percal ne. . . . . 8 fr. 75

Le Magasin d'Education et de Récréation (annee 1898 Relié toile. . . . . net 15 fr. 75

Le Magasin Pittoresque (année 1898) 1 vol. in-4, br., 10 fr. . . . . net 8 fr. 75 Relié toile. . . . . 9 fr. 80

Saint-Nicolas. Journal illust. pour garçons et filles (année 1898). 1 vol. in-8, rel. toile, tr. blanche, 22 fr. . . . . net 19 fr. 25 Rel. tr. dorées, 23 fr. . . . . net 20 fr. »

Le Petit Français illustré (année 1898). 1 vol. in 8, relié toile, fers spéciaux, 9 fr., net 8 fr. »

L'Ecolier illustré (année 1898). 1 vol., relié toi'e, net. . . . . 3 fr. 95

Almanach de Gotha. 1 vol. relié. . . net 9 fr. 50

Journal des Voyages 1898. 1 vol. rel., net 10 fr. 50

Agenda Hachette. Annuaire complet du commerce de Paris pour 1899, contenant 7 0 pages 37 × 16 net. . . . . 3 fr. 75

Almanach Hachette pour 1899, encyclopédie populaire de la vie pratique, 1 vol. in-16, broché, net. . . . . 1 fr. 35 Relié. . . . . net 2 fr. 50 Cartonné. . . . . net 1 fr. 75 Edition complète en 1 vol. de 700 pages cart. tr. rouges. . . . . net 2 fr. 75 Rel. maroquin souple. . . . . . net 3 fr. 95

Annuaire Astronomique et Météorologique (pour 1899), par Camille Flammarion, 1 vol. in-16, ill. de nombreuses gravures, br., net 1 fr. 10

Annuaire du Bureau des Longitudes pour l'an 1899. 1 vol. in-18, br.. . . . . net 1 fr. 50

Figaro-Noël. Numéro exceptionnel de Noël, net. . . . . 3 fr. »

Illust.-Noël (1898-1899). . . . . . . net 2 fr. 75

Almanach Vermot, br.. . . . . . . net 1 fr. 35 — — cart.. . . . . . net 2 fr. 25

Almanach Dupont, br.. . . . . . . net 1 fr. 35 — — cart.. . . . . . net 2 fr »

Almanach de Munich genre moyen âge avec de nombreuses armoiries en couleurs, net 1 fr. 25

Almanach Humoristique de Munich, dessins et gravures drôlatiques. . . . . . . net 1 fr. 25

Heureuse Année. Album calendrier pour 1899, jolies pl. en couleurs et en noir, net 1.25

Calendrier Sully Prudhomme pour 1899, ravissant album oblong, 30 dessins et aquarelles pour les douze mois de l'année et nombreuses poésies du Maître. . . . . net 3 fr. »

CALENDRIERS PERPÉTUELS

(Ces Calendriers, très élégants, sont destinés à être accrochés).

Les Amis fidèles (chromo), rubans satin. net. . . . . 1 fr. 50

La Lune (chromo), rubans satin. . net 1 fr. 50

Les Chats (chromo), rubans satin, net 1 fr. 50

Bébé (chromo), rubans satin. . . . net 1 fr. 50

L'Héraldique, passementerie avec glands, bloc mensuel. . . . . net 1 fr. 50

Le Croissant, passementerie avec glands, bloc mensuel. . . . . net 1 fr 50

INTERPRÉTATIONS pour

Dessiner simplement
par Victor JACQUOT et Paul RAOUX

Un album relié toile, contenant une quantité de modèles, 4 fr. . . . . Net **2.75**

NOUVEAUTÉS D'ÉTRENNES

ARSENE ALEXANDRE. **Les Fées en train de plaisir**, 1 vol. in-4, illustré de 46 dessins de Métivet, relié plaque, tranches dorées, 4 fr. 50 net 3 95
Atlas Larousse illustré, comprenant les cinq parties du monde. 42 cartes, 1158 reproductions photographiques. 1 vol. in-4, relié plaque, net 30 50
L'atlas indiqué ci-dessus se vend par partie séparée.   1er vol. relié . . . . 13 »
    2e vol. relié 17 50
Autriche et Grèce (de Venise à Salonique). 1 vol. grand in-8, illustré de 120 gravures et 1 carte dressée pour l'ouvrage.
    Broché. . . 10 fr., net   8 75
    Relié toile. . 13 fr., net 11 40
BARON. **Le nouveau voyage en France**, ouvrage orné de 250 gravures, 1 vol. format in-folio, relié plaque spéciale. . . . . . . net 13 »
BARBAGAND. Histoire de Vivette, nombreuses illustrations de Bouard. 1 vol. gr. in-8, relié plaque spéciale, tranches dorées. . . net 9 50
BAJOT (Edouard). **Du choix et de la disposition des ameublements de style.** Etudes comprenant vingt intérieurs d'appartement, 60 planches, 200 figures, 1 vol. gr. in-8, cartonnage artistique. . . . . net 17 50
BEAUREGARD et GORSSE. **Les Plumes du Paon**, 1 vol. in-8, illustré de 65 gravures, relié plaque. . . . . net 8 75
BERQUIN. **L'ami des Enfants**, choix des Pièces, illustrations en noir et en couleurs, 1 vol. in-4, relié. . . . . net 8 »
BERTRAND (Alfred). **Au pays des Ba-Rotsi.** — Haut Zambèze, 1 vol. ill. de 105 grav. et 2 cartes format in 8. relié fers spéciaux. . . net 17 50
BOUSSENARD. L'île en Feu. (Les grandes aventures) nombreuses illustrations de Clérice, 1 beau volume gr. in-8, broché . . net 8 75
Reliure plaque spéciale, tranches dorées, 12 fr. . . . . net 10 50
1|2 chagrin, plats toile, tranches dorées, 15 fr . . . . net 13 »
BRUNOT. Pauvre fille, 1 vol. in-8 illustré, relié plaque spéciale. . . . . net 3 50
CAHU. Histoire de Turenne racontée à mes enfants, 49 compositions dans le texte et hors texte, tirées en couleurs, magnifique album in-4, relié plaque spéciale. 10 fr. . . . . net 8 75
CASTELLANI. Vers le Nil français avec la mission Marchand, 150 illustrations d'après les photographies et les dessins de l'explorateur, 1 beau vol. in-8. Broché 10 fr. . . . . . . net 8 75
Riche reliure d'amateur . . . . . net 13 »
CIM. Mlle Cœur d'Ange, 1 vol. illustré de 20 grav. (bibliothèque rose), cartonnage percaline rouge, tranches dorées . . . . . . net 2 75
CORDEMOY (de) du Chili, illustré de 107 grav. format in-8. Broché. 8 75
Relié. 12 50
DANRIT. Jean Tapin, illustrations de Sément, 1 vol. in-4, reliure artistique, fers. net 8 75
DE VAUX (baron). Equitation ancienne et moderne, (de la Guérinière, d'Abzac, d'Aure, Baucher et Raabé. Dressage et Elevage, texte illustré par Crafty, Caran d'Ache, Jeanniot, etc., etc. 1 beau vol. in-8. Broché. . . . . net 8 75
HERVILLY (Ernest d'). A Cocagne, illustrations de Zier, 1 vol, in-8, relié plaque . . net 7 »
Reliure amateur. . . . . net 8 75
IVOI (aut d'). Corsaire Triplex, 1 beau vol. in-4, nombreux dessins en noir et en couleurs par Métivet. Reliure plaque spéciale, tranches dorées, 12 fr. . . . . net 10 50
DRAULT (Jean). L'odyssée de Claude Tapart, illustré de 42 grav. par Métivet 1 vol. in-4, rel. plaque spéciale, tranch. dorées, net 4 50
DUBOC (Lt de Vaisseau). En Chine, au Tonkin, **35 mois de campagne**, nombreuses illustrations

de P. Marie et A. Brun, 1 beau volume in-4 reliure plaque spéciale, tranches dorées. 15 fr. . . . . net 13 »
GIFFARD. **La Fin du Cheval**, illustrations de Robida, 200 gravures dont 15 en couleurs, 1 vol. in-4. reliure artistique. . . . net 8 75
GIRON (Aimé). **Le vieux ramasseur de pierres**, 1 vol. in-8, illust., rel. plaque spéciale, net 5 25
GRAD. **L'Alsace**, 1 vol. grand in-8, illustré de 250 gravures, broché . . . . net 7 »
relié. . . . . net 11 40
GROS (Jules). L'homme fossile, ill. par Manaud, 1 vol. in-18, rel. plaque spéciale. . net 2 50
GROS (Edmond). **Aventures de Cadi Ben-Ahmour**, 1 album in-4, 8 chromos hors texte, reliure artistique . . . . net 5 25
KAUFFMANN. **Les Chartreux**, (Scènes de la vie cartusienne), décrites et illustrées par Kauffmann, 1 vol. petit in-4 oblong, cartonné. 2 75
Le Dix-huitième Siècle, (les arts, les idées), d'après Voltaire, Rousseau, Montesquieu, 1 vol. in-8, ill. de 20 planches en taille-douce et 500 gravures, broché. . . . . 26 »
relié. . . . . 35 »
LEGENDRE (Pierre). Crackville, magnifique vol. in-4, illustré de nombreuses gravures en noir et en couleurs, dessins de Métivet, relié toile, plaq. spéciale tranches dorées, 13 fr., net 11 »
LEMAIRE. **A la pointe de l'Épée**, 47 gravures de Job, 1 vol. in-4, relié plaque spéciale, tranches dorées. . . . . net 4 50
L'estampe Moderne, (sous la direction de Masson, et Piazza). 50 estampes en couleurs et en noir des principaux artistes modernes, français et étrangers (1re année), 1 beau volume in-folio, reliure artistique. . . . . net 44 »
Les Maîtres de l'affiche, contenant la reproduction des plus belles affiches illustrées des artistes français et étrangers (Chaix), 3e année 1898, reliure artistique . . . . net 35 »
LIPONIS. Styles antiques d'Orient et d'Extrême-Orient, 1 vol. in-4, illustré de 350 gravures, broché. . . . . net 17 50
relié. . . . . net 19 75
LUGUET. Le Sabre à la main, 39 gravures d'Alfred Paris, 1 vol. in-4, relié plaque spéciale, tranches dorées. . . . . net 4 50
MAEL. Sealette, 1 vol. in-8, illustré de 60 gravures, relié plaque. . . . . net 8 75
— La Roche-qui-Tue, 1 vol. in-4, illustré de 58 gravures d'après Scott, reliure plaque spéciale. . . . . net 8 75
MAGER (Henri). La Vie à Madagascar, ouvrage illustré de 150 reproductions, 1 vol. in-8, broché. . . . . net 8 75
relié fers spéciaux. . . . . net 12 »
MAINARD. **Le Roi des Placers**, illustré par Edyl, 1 vol. in-8, reliure plaque. . . . . net 2 90
MALIN (Henri). Un collégien de Paris en 1870, 1 volume in-8, illustré, relié plaque spéciale. . . . . net 5 75
MALO (Charles). **Les Champs de Batailles de France**, 12 planches hors texte en couleurs, et 87 portraits. 30 gravures en noir et 31 plans, 1 vol. in-8, broché 15 fr. . . . . . . net 13 »
— relié 20 fr. . . . . net 17 50
MASSON (Frédéric). **Joséphine Impératrice et Reine**, magnifique vol. in-4, 32 planches hors texte, en photogravure, portrait de l'impératrice en couleurs, 4 en-têtes, 4 culs de lampe, broché. . . . . net 60 »
MEUNIER (Stanislas). **Nos Terrains.** 320 figures en noir, 24 planches hors texte et chromolithographie, 1 vol. in-4, rel. toile, net 22 »
MONET. **Le Siège de Médine**, nombreuses illustrations de Carrier, 1 vol. grand in-4, relié fers spéciaux. . . . . net 6 »

MORIN (Louis). **L'enfant prodigue**, 4 compositions en couleurs, 1 vol. in-4, reliure artistique, tranches rouges. . . . . net 8 75

MUNTZ (Eugène). **Léonard de Vinci**, (l'Artiste, le Penseur, le Savant), 1 vol. in-8, 200 gravures en 2 teintes, 20 planches en taille-douce, 24 planches hors texte, 1 vol. in-4, broché, 40 fr. net. . . . . 35 »

relié. . . . . net 42 »

NAUROUZE. **Fils de Bourgeois**, ill. de Lecoultre, 1 vol. relié fers spéciaux. . . . . . net 8 75

OLIVIER. **La Tunisie**, magnifique vol. in-8, relié fers spéciaux. . . . . net 10 50

PERROT et CHIPIEZ. **Histoire de l'Art dans l'antiquité**, Tome VII (la Grèce de l'épopée, la Grèce archaïque), 50 planches, 300 gravures, 1 vol. grand in-8, broché. . . . . 26 »

relié. . . . . : . . . . . . net 32 »

Rabelais et l'œuvre de Jules Garnier, reproduction en couleurs, des 160 tableaux de J. Garnier, 2 vol. cartonnés. . . . . net 60 »

ROSNY. **Les Retours du Cœur**, 1 vol. in-16, ill. de 56 gravures, broché. 2 75

cartonné. 4 50

SECOND (Henri). **Nos Alpins**, illustrations de Tézier, 1 fort album in-4 de dessins et croquis militaires, accompagnés de texte, tirage en noir, couverture en couleurs . . . . net 4 50

SIZERANNE (de la). **La Photographie est-elle un art**, album in-4, illustré de 7 héliogravures et 40 gravures dans le texte, broché . . . 8 75

SVEN-HEDIN. **A travers le Tibet**, traduit du Suédois par C. Rabot, ill. de 104 grav., 1 vol. in-8 broché. 8 75

relié. . . . . 13 »

TOUDOUZE. **Le Bateau des Sorcières**, 1 vol. in-4, orné de 60 gravures d'après Vulliemin, reliure plaque spéciale, tranches dorées. . net 8 75

— **Le Démon des Sables**, 1 vol. in-8, illustré de 48 gravures, relié plaque . . . . . net 8 75

VAUZANGES. **Le Fils du Garde-chasse**, texte et dessins de l'auteur, 1 vol. in-4, relié plaque spéciale. . . . . net 6 »

Velazquez, par de Burette, 1 vol. grand in-4, ill. de 16 planches hors texte et 68 gravures dans le texte (ouvrage tiré à 800 exemplaires numérotés), broché. . . . . net 44 »

VERLY. **Jeanick l'orphelin**, 70 illustrations de Guydo, 1 beau vol. in-8, relié genre amateur. . . . . net 11 40

VERNE (Jules). **Le superbe Orénoque**, 1 vol. grand in-8, nombreuses illustrat., broché. net 8 »

relié plaque spéciale. . . . . net 10 50

WINTER. **Mademoiselle Mignon**, 1 vol. in-16, ill. de 56 gravures, broché. 2 75

relié. 4 50

— VOYAGES —

CASTELLANI. **Vers le Nil français** avec la mission Marchand, 150 illustrations d'après les photographies et les dessins de l'explorateur, 1 beau vol. in-8. Broché, 10 fr. . . . . net 8 75

Belle reliure d'amateur. . . . . . net 13 »

FRIDJOF NANSEN. **Vers le Pôle**, traduit par Ch. Rabot. 1 beau vol. in-8, orné de nombreuses illustrations. Broché, 10 fr. net 8 75

Riche reliure d'amateur . . . . net 13 »

DUBOIS (Félix). **Tombouctou la Mystérieuse** (ouvrage couronné par l'Académie française) 1 beau vol. in-8, orné de 200 illustrations, d'après les photographies de l'auteur. Broché 10 fr.. . net 8 75

Riche reliure d'amateur, net 13 »

SLATIN PACHA. **Fer et Feu au Soudan**, (récits de captivité par le colonel Slatin Pacha, ancien gouverneur du Darfour), l'auteur a été prisonnier du Maddhi pendant 11 années, 2 vol. in-8 Broché 20 fr. . . . . net 17 50

Reliure d'amateur . . . . net 26 »

AUBERT (Georges). **L'Afrique du Sud**, (colonie du Cap, colonie du Natal, Etat libre d'Orange, Transwal, Rhodésia, Mozambique). Aperçu sur le commerce français, son insuffisance, moyens d'augmenter l'influence française. Renseignements généraux sur l'élevage, les plantations agricoles, les mines d'or, les mines de diamant, les banques, etc., etc. 1 vol. in-8 broché, illustré de 30 phot. grav. hors texte et de 7 cartes en noir et une en couleur. . . . . net 6 50

AQUARELLES ORIGINALES, PAR NICOLLIÈRE

Représentant les sites les plus pittoresques de la Bretagne et du Midi

Chaque aquarelle montée sur bristol, format 48×63, *net* . . . . **25 francs.**

SUJETS EN LARGEUR

Grève du Rosaie, près Saint-Servan.
Anse de Troctin, près Saint-Servan.
Hâvre de Rothéneuf, près Paramé.
Jetée de la Houle, Cancale.
Roches du Cap Fréhel (Côtes-du-Nord).
Entrée des gorges du cap Fréhel (Côtes-du-Nord).
Embouchure de la Rance, près Saint-Servan.
Puits de Marée, Saint-Servan.
Tour Solidor, Saint-Servan.
Tombeau de Chateaubriand, Saint-Malo.
Grève de Bon-Secours, Saint-Malo.
Fort National, Saint-Malo.
Grève du Prieuré, Dinard.
Fort Lalatte, près Cap Fréhel.
Grève de Rochebonne, Paramé.

Le Ris à marée basse, Douarnenez.
Pointe du Leidé, près Douarnenez.
Vue générale d'Ere (Alpes-Maritimes).
La Tête de Chien (Alpes-Maritimes).
Jetée, promenade et roche du château de Nice.
Vallée du Paillon, près Nice.
La rade de Villefranche (Alpes-Maritimes).
Pointe de Besnard, près Paramé.

SUJETS EN HAUTEUR

Gorges de Saint-André, près Nice.
Rivière de Port Rhu, Douarnenez.
Le Pont sur la rivière de Port Rhu, Douarnenez.
Grotte du Ris, Douarnenez.
Roche du Kabile, Douarnenez.
Eze (Alpes-Maritimes).

TIRAGE A PETIT NOMBRE
LIVRES DE LUXE

Notre Maison ayant souscrit à un certain nombre d'exemplaires des ouvrages ci-dessous, nous les fournissons à notre Clientèle avec la **remise exceptionnelle réservée aux souscripteurs.**

J. BRETON, par **Marius Vachon**. *Nouveauté*. Edition illustrée de 100 gravures dans le texte et 20 planches hors texte en héliogravure, reproduction des principaux tableaux du Maître. 1 volume grand in-4°. Broché, 60 francs, *net* **36.75**
Reliure d'amateur, 80 francs, *net*. **49.75**
LA VIE A MONTMARTRE, par **Georges Montorgueil**. Ouvrage orné de 150 lithographies originales en noir et en couleurs. 1 volume grand in-8. Broché, *net*. . . . **52.75**
PUVIS DE CHAVANNES, par **Marius Vachon**. 100 gravures dans le texte, 15 grandes planches hors texte en héliogravure. Reproductions sous la direction du Maître des grandes œuvres décoratives et des principaux tableaux de l'artiste. 1 vol. in-4. broché.
Au lieu de 40 francs, *net*. **27.75**
DETAILLE, par **Marius Vachon**. 236 gravures inédites, 24 planches hors texte en héliogravure, 1 volume in-4, broché. Au lieu de 60 francs, *net*. **36.75**
Reliure d'amateur, 80 francs, *net* **49.75**
LA GARDE, 1854-1870, par le Capitaine **Richard**. 1 volume de 400 pages, format 35×28, imprimé sur papier couché et contenant 392 compositions, 18 planches tirées en couleurs et 8 reproductions tirées en deux teintes, 6 grandes compositions originales.
L'ouvrage broché, 70 francs, *net* . . . . **48 »**
Le même, en reliure chagrin plein ou amateur, tête dorée, *net* . . . . **80 »**
COMMENT DISCERNER LES STYLES DU VIII AU XIX' SIÈCLE, par **Roger-Milès**. Forts volumes in-4 jésus, cartonnages artistiques non rognés. Ouvrage en cours de publication, dont trois volumes parus. Chaque volume pour les souscripteurs à l'ouvrage, au lieu de 40 francs, *net* . . . . **26 »**
Chaque volume se vend séparément pour les non souscripteurs, *net* . . . . **35 »**
OBJETS D'ART ET CURIOSITES. — Armes. — Bijouterie. — Broderie. — Céramique. — Dentelle. — Émaillerie. — Horlogerie. — Joaillerie. — Meubles. — Peinture. — Verrerie. — Tapisserie, etc , etc. — Accompagnés de 900 reproductions documentaires, 800 monogrammes ou marques de faïence et porcelaine. . . . . 1 volume
ARCHITECTURE ET DÉCORATION. — Les premiers siècles. — Le style byzantin. — Style ogival. — Style romain. — La Renaissance. — Les temps modernes. — 110 planches, chacune avec une étude spéciale et précédées d'un texte illustré de nombreuses figures démonstratives. . . . . 1 volume
LE COSTUME ET LA MODE. — Les symboles. — La tradition. — Ouvrage illustré, 2.000 dessins classés par ordre chronologique et constituant un répertoire de documents historiques, d'après les tableaux, manuscrits et monuments en tous genres existants. In-4 jésus, cartonnage artistique non rogné. . . . . 1 volume

LA PEINTURE EN EUROPE

Catalogues raisonnés des œuvres principales conservées dans les musées
Par **G. LAFENESTRE** et **E. RICHTENBERGER**
Chaque volume, format petit in-8, reliure plaque spéciale, *net*. . . . . **8 fr. 75**

Le Musée National du Louvre, illustré de 100 reproductions photographiques 1 volume
Florence, 100 reproductions photographiques des principaux chefs-d'œuvre . . 1 volume
La Belgique, 100 reproductions photographiques . . . . 1 volume
La Hollande, 100 reproductions photographiques . . . . 1 volume

MICHELET Histoire de la Révolution Française

5 volumes de grand luxe, publiés par l'Imprimerie Nationale. Format in-4. Belle reliure d'amateur.
Au lieu de 90 fr , *net*. . . . . **60 francs**

BIBLIOTHÈQUE CAMILLE FLAMMARION

Beaux volumes grand in-8° jésus

Broché.	12	fr.	net	**10 50**
Relié toile, tranches dorées, plaque.	15	»	—	**13 »**
— 1/2 chagrin, tranches dorées	18	»	—	**15 75**
Reliure d'amateur.	19	»	—	**16 50**

FLAMMARION (Camille)	Astronomie Populaire, (100ᵉ mille) illustré de 360 gravures, 7 chromos, cartes, etc.	1 vol.
—	Les Étoiles et les curiosités du Ciel, ill. de 400 gravures, cartes, etc.	1 vol.
—	Les Terres du Ciel, voyage sur les planètes, 400 figures, vues et photographies célestes.	1 vol.
—	Le monde avant la Création de l'homme, origines du monde, origines de la vie, origines de l'humanité, ill. 400 fig., 5 aquarelles, 8 cartes.	1 vol.
DU CLEUZIOU (H.).	La Création de l'homme et les premiers âges de l'humanité, ill. de 400 fig.	1 vol.
BRONGNIART (Ch.).	Histoire naturelle populaire, illustré de 870 dessins et 8 aquarelles.	1 vol.
DESBEAUX (Émile).	Phisique populaire, illustré de 508 figures et 4 aquarelles.	1 vol.
LE BON (Gustave).	Les premières civilisations, ill. de 434 grav., 9 planches, et 2 cartes.	1 vol.

CAMILLE FLAMMARION

La Fin du Monde, ill. de Bayard, Laurens, Rochegrosse, etc., 1 vol in-8 broché.	10 fr.	net		8 75
— — — — reliure d'amateur.	15 »	—		13 »
Uranie, illustrations de Myrbach, Bayard, Faléro, etc, 1 vol. in-8 broché.	10 »	—		8 75
— — — — reliure d'amateur.	15 »	—		13 »
Lumen, illustrations de Lucien Rudaux, 1 vol. in-8 broché.	» »	—		4 50
— — — — reliure d'amateur.	10 »	—		8 75

Stella.	1 vol.	
La fin du Monde.	1 vol.	Les 10 volumes
Dieu dans la nature.	1 vol.	reliés en
Dans le Ciel et sur la Terre	1 vol.	1/2 veau fauve,
La Pluralité des Mondes.	1 vol.	tranches peigne
Les Mondes imaginaires et Mondes réels.	1 vol.	format in-18
Récits de l'Infini.	1 vol.	
Les derniers jours d'un philosophe.	1 vol.	
Mes voyages aériens.	1 vol.	Net. **45** Fr.
Uranie.	1 vol.	

Carte générale de la lune, collée sur toile, montée sur gorge et rouleau.	net	12 »
Planisphère céleste, conten. toutes les étoiles visibles à l'œil nu, montée sur gorge et roul.	—	10 50
Atlas céleste, enrichi de cartes nouvelles, 1 vol. cartonné in-folio.	—	42 »
Atlas astronomique de poche, 18 cartes et explications.	—	1 35

JULES MICHELET

ŒUVRES COMPLÈTES

Édition définitive en 39 volumes. Format in-8 cavalier, sur papier de luxe

Au lieu de 390 fr. net. . . **315 fr.**

Nous vendons séparément tous les volumes de Michelet au prix de : Broché.	7 50	net	**6 50**
En 1/2 reliure chagrin, tranches jaspées.	10 »	—	**8 75**

Histoire de France (MOYEN AGE).	6 vol.	Mémoires de Luther.	1 vol.
— (RENAISSANCE).	1 vol.	Le Peuple. — Nos Fils	1 vol.
— (RÉFORME).	1 vol.	Le Prêtre. — Les Jésuites.	1 vol.
— (GUERRES DE RELIGION).	1 vol.	La Montagne. — L'insecte.	1 vol.
— (HENRI IV).	1 vol.	L'Amour. — La Femme.	1 vol.
— (RICHELIEU).	1 vol.	Précis d'Histoire moderne. — Introduction à l'Histoire universelle.	1 vol.
— (LOUIS XIV).	2 vol.		
— (LA RÉGENCE).	1 vol.	La Bible de l'humanité. — Une année du Collège de France (1848).	1 vol.
— (LOUIS XV).	1 vol.		
— (LOUIS XV et LOUIS XVI).	1 vol.	Les Légendes du Nord. — La Sorcière.	1 vol.
— (LA RÉVOLUTION).	7 vol.	Les Origines du droit. — La France devant l'Europe.	1 vol.
— (XIXᵉ SIÈCLE).	3 vol.		
L'oiseau. — La Mer.	1 vol.	Les Femmes de la Révolution. — Les Soldats de la Révolution.	1 vol.
Vico.	1 vol.		
Histoire romaine.	1 vol.		

BIBLIOTHÈQUE DE LA JEUNESSE

(Collection E. Flammarion)

Format grand in-8 jésus, nombreuses illustrations.

Chaque volume, reliure plaque spéciale, tranches dorées. 12 fr., net . . . **10 fr. 50**

1/2 chagrin, plats toile, tranches dorées. 15 fr., net . . . . **13 fr.**

BOUSSENARD (Louis). L'Ile en Feu. *Nouveauté.* Les Grandes Aventures, nomb. ill. de Clérice. 1 vol.
— Tour du Monde d'un Gamin de Paris, nombreuses illustrations . . . . . 1 vol.
— Sans-le-Sou, illustrations de Clérice . . . . 1 vol.
— Les Français au Pôle Nord, illustrations de Clérice . . . . 1 vol.
— Voyages et Aventures de Mlle Friquette, illustrations de Clérice . . . . 1 vol.
— Le Défilé d'Enfer, illustrations de Clérice . . . . 1 vol.
— Aventures extraordinaires d'un Homme bleu, illustrations de Clérice . . 1 vol.
— Les Secrets de M. Synthèse, illustrations de Clérice . . . . 1 vol.
— Les Chasseurs de Caoutchouc, illustrations de Férat. . . . . 1 vol.
— Aventures d'un Gamin de Paris au Pays des Lions, dessins de Castelli . 1 vol.
— Aventures d'un Héritier à travers le Monde, dessins de Férat. . . . . . 1 vol.
— Aventures périlleuses de trois Français au Pays des Diamants, dessins de
Férat. . . . . 1 vol.
— Aventures d'un Gamin de Paris en Océanie, illustrations de Férat. . . . 1 vol.
— Les Robinsons de la Guyane, illustrations de Férat . . . . 1 vol.
JACOLLIOT (Louis). Perdus sur l'Océan, illustrations de Clérice . . . . . . 1 vol.
— Le Coureur des Jungles, illustrations de Castelli. . . . . 1 vol.
— Les Mangeurs de Feu, illustrations de Parys. . . . . 1 vol.
MALOT (Hector). En Famille (ouvrage couronné par l'Académie française), illustré par de
Lanos . . . . vol.
— La Petite Sœur, illustré de nombreuses gravures. . . . . 1 vol.
SÉBILLOT (Paul). Légendes et Curiosités des Métiers, 220 reproductions d'anciennes gravures. 1 vol.
SÉLÈNES (DE) Un Monde inconnu, deux Ans sur la Lune, illustrations de Gerlier . . . . 1 vol.
SIMON (Jules). Colas, Colasse, Colette, illustrations de P. Avril, Léandre, etc. . . . . 1 vol.

BIBLIOTHÈQUE DE LA JEUNESSE

(Nouvelle Série)

Chaque volume, format grand in-8 jésus, reliure plaque spéciale, tranches dorées, net . **7 fr.**

1/2 chagrin, plats toile, tranches dorées, net. . . . . **8 fr. 50**

AMÉRO (Constant). Miliza, histoire d'hier, illustrations de Gerlier . . . . 1 vol.
BERTALL. Les Plages de France, texte et dessins de l'auteur . . . . 1 vol.
BIART (Lucien). Pierre Robinson et Alfred Vendredi, illustrations de Gerlier. . . . . 1 vol.
DESCHAUMES (Edmond) Le Pays des Nègres blancs, aventures d'un Français sur la route
du Tchad . . . . 1 vol.
DAUDET (Alphonse). La Belle Nivernaise, histoire d'un vieux bateau et de son équipage,
illustrations de Montégut. . . . . 1 vol.
FLAMMARION (Berthe). Histoire de trois Enfants courageux, dessins de Montader . . . . . . 1 vol.
HALT (Marie-Robert). Histoire d'un Petit Homme, illustré de 100 dessins (ouvrage couronné
par l'Académie française) . . . . 1 vol.
— La Petite Lazare, illustrations de Gilbert . . . . 1 vol.
— Le Jeune Théodore, 75 compositions de Laugée (ouvrage couronné
par l'Académie française). . . . . 1 vol.

BONNE OCCASION

RACINE

Théâtre. Notice de Paul Albert, superbe impression, papier fil, 2 forts volumes in-8, riche
reliure d'amateur. Au lieu de 25 francs, net. . . . . 10 »

BRILLAT SAVARIN

Physiologie du goût, magnifique ouvrage illustré de 200 gravures et 7 planches hors texte par
Bertall. 1 vol. in-8. Broché, 15 francs, net. 7 50
Riche reliure d'amateur. Au lieu de 25 francs, net. . . . . 11 »

AFFAIRES EXCEPTIONNELLES

BIBLIOTHÈQUE CLASSIQUE

Superbe collection de volumes imprimés avec le plus grand soin sur beau papier vélin, format in-16
(Collection Jouaust.)

Chaque volume broché, au lieu de 3 fr., net. . . . . 1 fr. 75
En riche reliure d'amateur, tête dorée, au lieu de 5 fr., net. . . . . . . 2 fr. 90

Beaumarchais. Le Barbier de Séville. . .	1 vol.	Malherbe. Poésies.	1 vol.
— Le Mariage de Figaro . .	1 vol.	Molière. Théâtre	8 vol.
Boileau. OEuvres	2 vol.	Montesquieu. Grandeur et Décadence des	
Bossuet. Discours.	2 vol.	Romains.	1 vol.
— Oraisons funèbres	1 vol.	Montaigne. Essais.	7 vol.
Calidasa. Sacountala.	1 vol.	Racine. Théâtre	3 vol.
Chamfort. OEuvres.	2 vol.	Regnard. Théâtre.	2 vol.
Chénier. Poésies.	1 vol.	Regnier. Satires.	1 vol.
Corneille. Théâtre	5 vol.	Rabelais OEuvres.	4 vol.
Courier. OEuvres	3 vol.	Rivarol. OEuvres	2 vol.
D'Aubigné. Les Tragiques.	2 vol.	Rotrou. Théâtre choisi	2 vol.
Diderot. OEuvres	6 vol.	Rousseau. Confessions.	3 vol.
Fénelon. Éducation des Filles.	1 vol.	Saint-Evremond. OEuvres choisies. . . .	1 vol.
Florian. Fables.	1 vol.	Satire Ménippée.	1 vol.
Fontenelle. OEuvres choisies.	2 vol.	Sterne. Voyage sentimental.	1 vol.
Hamilton. Mémoires de Grammont . . .	1 vol.	Voltaire. Théâtre.	1 vol.
Horace. OEuvres (Trad. J. Janin) . . .	2 vol.	— Romans et Contes	4 vol.
La Bruyère. Caractères	2 vol.	— Poésies.	1 vol.
La Fontaine. Fables.	2 vol.	— Histoire de Charles XII. . . .	2 vol.
— Contes.	2 vol.	— Dictionnaire philosophique. .	2 vol.
La Rochefoucauld. Maximes	2 vol.	Xavier de Maistre. Voyage autour de ma	
Marivaux. Théâtre.	2 vol.	chambre.	1 vol.
Marmontel. Mémoires.	3 vol.		

PETITE BIBLIOTHÈQUE PORTATIVE

Format in-32, impression de luxe avec gravures.

Chaque volume broché, au lieu de 3 fr., net. . . . . 1 fr. 75
Très belle reliure d'amateur, tête dorée, net. . . . . 3 fr. 75

Manon Lescaut, par l'abbé Prévost. Gravures de Paul Avril.	1 vol.	L'Ane d'or, d'Apulée. Eaux-fortes de Paul Avril.	1 vol.
Le Lion Amoureux, par Frédéric Soulié. Gravures de Robida.	1 vol.	Voyage sentimental, par L. Sterne, Eaux-fortes de P. Kauffmann.	1 vol.
Daphnis et Chloé, de Longus. Gravures de Paul Avril	1 vol.	Contes de La Fontaine. Eaux-fortes de Fraipont.	2 vol.
Lazarille de Tormes, par Hurtado de Mendoza. Gravures de Robida.	1 vol.	Atala, par Chateaubriand. Grav. de Paul Avril.	1 vol.
Paul et Virginie, par Bernardin de Saint-Pierre. Gravures de Paul Avril. . .	1 vol.	La Folie espagnole, par Pigault-Lebrun. Eaux-fortes de Kauffman	1 vol.
Madame de Maintenon, Louis XIV et la Cour, par Mme de Caylus. Eaux-fortes de P. Kauffmann.	1 vol.	Fables de la Fontaine. Grav. de Paul Avril.	1 vol.
La Religieuse, par Diderot. Eaux-fortes de P. Kauffmann	1 vol.	Contes de Boccace. Grav. de Kauffmann.	1 vol.
		OEuvres choisies du chevalier Boufflers. Contes et Poésies légères.	1 vol.

ŒUVRES DE GUSTAVE DORÉ

La Sainte Bible. 230 grandes compositions de Gustave Doré, ornements du texte par Giacomelli. 2 vol. gr. in-fol. richement cart., toile argent, ornements or, tranches dorées. Au lieu de 200 fr.. . . . . net 160 fr. »
Histoire de la Sainte Bible, *Ancien et Nouveau Testament*, par l'abbé Cruche. 100 gravures de Gustave Doré. 1 volume petit in-folio, percaline, plaque spéciale, tranches dorées, net. . 13 fr. »
DANTE. L'Enfer. 1 volume in-folio, 76 compositions de Gustave Doré, cartonné richement. Au lieu de 100 fr.. . . . . net 75 fr. »
Le Purgatoire. 1 volume in-folio, 60 compositions de Gustave Doré, cartonné richement. Au lieu de 100 fr.. . . . . net 75 fr. »
LA FONTAINE. Fables. 80 compositions de Gustave Doré. 258 culs-de-lampe, 250 têtes de pages. 1 volume in-4., cartonné, tranches dorées. . . . . net 32 fr. 50
Le même ouvrage, cartonné, tranches jaspées . . . . net 30 fr. 50
PERRAULT. Contes. Splendide édition, illustrée de 40 planches de Gustave Doré, format petit in-folio, cartonnage riche, plaque avec ornements or . . . . net 22 fr. »
BALZAC. Contes drolatiques. 425 dess. de Gustave Doré. 1 vol. in-8, broché, 13 fr. . . net 7 fr. 50
Demi-reliure amateur, tête dorée . . . . net 11 fr. »
Aventures du baron de Munchausen. 125 gravures sur bois par Gustave Doré. 1 beau vol. in-4, relié, plaques spéciales. . . . . net 7 fr. 45

AFFAIRES EXCEPTIONNELLES

MAGNIFIQUE COLLECTION DE BEAUX LIVRES RELIÉS

Illustrés d'eaux-fortes par les meilleurs artistes.

LIBRAIRIE DES BIBLIOPHILES (Jouaust)

Ces ouvrages de grand luxe sont vendus avec un rabais considérable.

BIBLIOTHÈQUE ARTISTIQUE, FORMAT IN-16

VOLTAIRE. ROMANS. Illustrés de 12 planches de Laguillermie. 5 vol., riche reliure d'amateur. Au lieu de 60 fr. . . . net 32 fr. »

ROBINSON CRUSOÉ. Ouvrage illustré de 9 planches de Mouilleron. 4 vol., riche reliure d'amateur. Au lieu de 50 fr. net 20 fr. »

B. de SAINT-PIERRE. PAUL ET VIRGINIE. Illustré de 6 planches de Laguillermie, riche rel. d'amateur. Au lieu de 25 fr. net 13 fr. »

NADAUD. CHANSONS. Illustré de 12 eaux-fortes de E. Morin. 3 vol., riche reliure d'amateur. Au lieu de 50 fr. net 16 fr. »

LESAGE. LE DIABLE BOITEUX. 9 planches de Lalauze. 2 vol., riche reliure d'amateur. Au lieu de 38 fr. . . . . . . net 12 fr. 50

SCARRON. ROMAN COMIQUE. 10 planches de Flameng. 3 vol., riche reliure d'amateur. Au lieu de 45 fr. . . . . . . net 19 fr. »

ROUSSEAU. CONFESSIONS. 13 planches par Hédouin. 4 vol., riche reliure d'amateur. Au lieu de 65 fr. . . . . . . net 35 fr. »

LES MILLE ET UNE NUITS. 21 planches de Lalauze. 10 vol., riche reliure d'amateur. Au lieu de 120 fr. . . . . . net 55 fr. »

BRANTOME. LES DAMES GALANTES. 10 planches d'Ed. de Beaumont. 3 vol., riche reliure d'amateur. Au lieu de 50 fr. net. . . . . 27 fr. »

STRAPAROLE. LES FACÉTIEUSES NUITS. 14 planches de Champollion. 4 vol., riche rel. d'amateur. Au lieu de 50 fr. net 32 fr. »

BEAUMARCHAIS. LE BARBIER DE SÉVILLE. LE MARIAGE DE FIGARO. 9 planches et portrait par d'Arcos, 2 vol. Au lieu de 40 fr. net. . . . . 21 fr. »

CAZOTTE. LE DIABLE AMOUREUX. 7 planches de Lalauze, 1 vol. Au lieu de 25 francs. net. . . . . 15 fr. »

HOFFMANN. CONTES. 11 eaux-fortes de Lalauze, 2 vol. Au lieu de 45 fr. net 22 fr. »

FAUBLAS. LES AMOURS. 15 planches de P. Avril. 5 vol., riche reliure d'amateur. Au lieu de 80 fr. . . . . net 25 fr. »

DON QUICHOTTE. 17 planches de Worms. 6 vol., riche reliure d'amateur. Au lieu de 90 fr. net. . . . . 32 fr. »

LA FONTAINE. CONTES. 11 planches de Beaumont. 2 vol., riche reliure d'amateur. Au lieu de 46 fr. . . . . net 17 fr. »

LA FONTAINE. FABLES. 12 planches de Adan. 2 vol., riche reliure d'amateur. Au lieu de 46 fr. . . . . . . net 17 fr. »

MONTESQUIEU. LETTRES PERSANES. 8 planches de Beaumont. 2 vol., riche reliure d'amateur. Au lieu de 38 fr. net 20 fr. »

GOETHE. WERTHER. 7 planches de Lalauze, 1 vol., riche reliure d'amateur. Au lieu de 25 fr. . . . . net 13 fr. »

FLORIAN. FABLES. 7 planches de Adan. 1 vol. riche reliure d'amateur. Au lieu de 25 fr. net. . . . . 10 fr. »

QUINZE JOIES DU MARIAGE. 21 planches de Lalauze. 1 vol., riche reliure d'amateur. Au lieu de 35 fr. . . . . . . net 18 fr. »

SILVIO PELLICO. MES PRISONS. 7 planches de Bramtot. 1 vol., riche reliure d'amateur. Au lieu de 25 fr. . . . . . net 10 fr. »

LES CAQUETS DE L'ACCOUCHÉE. 14 planches de Lalauze. 1 vol., riche reliure d'amateur. Au lieu de 38 fr. . . . . . . net 15 fr. »

GOLDSMITH. LE VICAIRE DE WAKEFIELD. 9 eaux-fortes de Lalauze. 2 vol. Au lieu de 35 fr. . . . . net 13 fr. 50

J.-J. ROUSSEAU. LA NOUVELLE HELOISE. 19 planches par Hédouin. 6 vol. Au lieu de 70 fr. . . . . net 27 fr. »

PETITE COLLECTION ANTIQUE

Ouvrages de luxe. Chaque vol. format in-32, riche rel. d'amateur. Au lieu de 15 fr., net. **6.50,**

Anacréon et Sapho. En-têtes à l'aquarelle par Paul AVRIL, encadrement vert pré. 1 vol.

PROPERCE. Les Elégies. En-têtes genre bas-reliefs florentins, encadrement carmin. 1 vol.

APOLLONIUS DE RHODES. Jason et Médée. En-têtes genre biscuit de Sèvres, encadrement bleu faïence. . . . . 1 vol.

HORACE. Odes et Epodes. En-têtes en 4 tons, genre pompéien, encadrement bleu foncé 1 vol.

ALBUMS POUR ENFANTS

ALBUMS in-4, format oblong

Nombreuses planches et dessins en couleurs, élégante reliure, fers spéciaux, format in-4.
Au lieu de 10 fr., net. . . . . . . 8 fr. 75

Jeanne d'Arc, 48 aquarelles. Vieilles Chansons et Rondes pour les petits enfants. Chansons de France pour les petits Français. Lafontaine. Fables choisies pour les Enfants. La Civilité puérile et honnête.	Dessins de BOUTET de MONVEL.
Nos chéris. Joies d'Enfants. Compères et Compagnons.	Texte et dessins de MARS.
La chasse à tir. La chasse à cour. L'Equitation puérile et honnête.	Texte et dessins de CRAFTY.
Le Grand Napoléon des petits Enfants. Les Epées de France. Mémoires de César Chabrac, trompette de houzards. Le Bon Roy Henry. Les Mots historiques du pays de France.	Texte et dessins de JOB.
Nos Soldats du Siècle, texte et dessins	de CARAN d'ACHE.
Histoire de Jeanne d'Arc. 41 aquarel. Histoire de Bayard racontée à mes Enfants, 41 aquarelles. Histoire de Du Guesclin, 45 aquarel. Histoire de Turenne, 41 aquarelles. La famille Fenouillard. Le sapeur Camembert.	Texte de CABU et dessins de SÉMANT par CHRISTOPHE.

STEINLEN

DES CHATS

Images sans Paroles

Grand album in-4°, cartonné richement, net 5 25

L. ROGER-MILÈS

LE PAYSAN

Dans l'œuvre de J.-F. MILLET

Magnifique in-4 jésus, orné d'un portrait et de 25 reproductions des tableaux de MILLET.
Prix : relié avec un dessin de MILLET sur la couverture . . . . net 3 50.

MAGNIFIQUES ALBUMS EN COULEURS

Je suis peintre. Modèles de dessins. . . .	1 75	Lili la Pêcheuse. Un joli album colorié . .	» 60
Brillants Oiseaux. Grand format	1 75	Le Petit Chaperon Rouge. Album découpé.	1 25
Nos Bêtes favorites. —	1 75	Ali-Baba. Un album in-4 par HENRIOT. . .	1 75
La Jolie Ecolière. Un joli album colorié. .	» 60	Ma Bicyclette. Un album in-4.	1 75
Marie la Jardinière —	» 60	Nansen au Pôle-Nord. Album in-4	1 75
Mademoiselle Fleurette. —	» 60	On s'amuse bien. Un album in-4 obl. colorié	1 75
La Petite Laitière. —	» 60	Madame Poupée. Un album pers. découpé.	1 10
Nini la Bergère. —	» 60	Le Cirque. Un album in-4 colorié.	1 75

SOLDE

DÉROULÈDE. MONSIEUR LE HULAN ET LES TROIS COULEURS, illustrations en couleurs par Kauffmann. Un splendide album in-4 relié, plaque spéciale. Au lieu de 8 fr., net 2 25

CHINOISERIES racontées Un magnifique album in-4. Chaque page est ornée de dessins et aquarelles en couleurs Carton. artistique, couleurs et vernis. Au lieu de 6 fr., net. 1 75

KATE GREENAWAY. JEUX ET PASSE-TEMPS, 24 planches en couleurs. Au lieu de 3 fr. 50, net 1 25

KATE GREENAWAY. L'HOMME A LA FLÛTE. nombreuses gravures et planches coloriées 4 fr., net 1 25

KATE GREENAWAY. POÈMES ENFANTINS nombreuses planches coloriées, 3 fr. 50, net 1 25

DE VILLE-D'AVRAY, VOYAGE DANS LA LUNE AVANT 1900. magnifique in-4 oblong, composé de 52 pages en chromolithographie, relié plaques or. Au lieu de 10 fr., net. 1 35

LES GRANDS SAINTS DES PETITS ENFANTS, magnifique album in-4 oblong, 19 grandes planches, cartonné, au lieu de 10 fr.. net 1 75

CALDECOTT. NOUVELLES SCÈNES HUMORISTIQUES, nombreuses gravures en couleurs, 1 vol. in-4 oblong, cartonné, au lieu de 8 fr., net 2 25

CALDECOTT. DERNIÈRES SCÈNES HUMORISTIQUES, nombreuses gravures en couleurs, 1 vol. in-4 oblong, cartonné, au lieu de 8 fr. net 2 25

ALBUMS in-8, gravures en couleurs, cartonnage plaque spéciale
au lieu de 1 fr. 25 net. . . . » 65

Coco le Têtu.	1 vol.	Pelé le Sale	1 vol.
Porcinet et son cousin Marcassin. .	1 —	Guilleri, Histoire d'un Cheval	1 —
Histoire de Marcassin	1 —	Monsieur et Madame Cadichon, Anes savants	1 —
Diane, Presiaud, Rustaud et Boulotte.	1 —	La Mère Cadichon et ses quatre enfants	1 —

Henri HAVARD

UN PEINTRE DE CHATS

(MADAME HENRIETTE RONNER)

Magnifique volume in-4. illustré de 12 grandes planches tirées à part et 16 dessins dans le texte, cartonnage riche, au lieu de 15 fr., net. . . . . . 6 fr.
Livre très artistique qui peut être offert à de grandes personnes.

COLLECTION DE MÉMOIRES MILITAIRES

Format in-8° colombier, très élégante reliure souple.

G. BERTIN. La Campagne de 1812, d'après des témoins oculaires. Un volume, 6 fr. . . net 5 fr. 25
— La Campagne de 1813, d'après des témoins oculaires. Un volume, 6 fr. . . . net 5 fr. 25
— La Campagne de 1814, d'après des témoins oculaires. Un volume, 6 fr. . . . net 5 fr. 25
J.-B. ANTOINE. Mémoires du général baron Godart (1792-1815). Un volume, avec portrait et cartes, 6 fr. . . . . net 5 fr. 25
IDA SAINT-ELME. Mémoires d'une contemporaine. Sur les principaux personnages de la République, du Consulat et de l'Empire. Un vol. avec portraits tirés du cabinet des Estampes, préface par M. Napoléon Ney, 7 fr. . . . . net 6 fr. »
H. LOIZIL ON. Campagne de Crimée. Lettres écrites par le capitaine d'Etat-Major H. Loizillon, préface de G. Gilbert. Un vol. avec portrait et un plan, 6 fr. . . . . net 5 fr. 25
(Couronné par l'Académie française).
A. TOURNIER. Vadier, président du Comité de sûreté sous la Terreur. Préface par J. Claretie. Un volume illustré, 6 fr. . . . . net 5 fr. 25
S. BLAZE. Mémoires d'un aide-major sous le premier Empire, guerre d'Espagne, 1808-1814. Préface par Napoléon Ney. Un vol. illustré, 6 fr. . . . . net 5 fr. 25
G. BARRAL. L'Épopée de Waterloo. Narration nouvelle des Cent-Jours et de la campagne de Belgique en 1815. Un volume illustré, 6 fr. . . . . net 5 fr. 25
GUITRY (Commandant) L'Armée de Bonaparte en Egypte. Un vol. avec cartes, 6 fr. . net 5 fr. 25
BURKARD (Lieutenant). 4° zouaves et zouaves de la garde. 2 vol. avec illustrations de P. de Semant. Cartes et plans, 12 fr. . . . . net 10 fr. 50

THOUMAS (Général). **Autour du Drapeau tricolore.** 1789-1889. Splendide ouvrage illustré de 200 illustrations de Sergent et de 32 gravures en couleur. Un vol. in-4, relié plaque, 20 fr. . . . . net 17 fr. 50
PIERRON (Lieutenant). Histoire d'un régiment, la 32° demi-brigade. 1775-1790. Les Pyramides, Friedland, Sébastopol. Illustré d'environ 100 gravures sur bois par Raffet, Vernet, Géricault, etc. 1 vol. in-8, relié, tranches dorées. . . . . net 13 fr. »
DANRIT (Capitaine). **L'Invasion Noire** (La guerre au xx° siècle). 2 vol. in-4 illustrés, belle reliure toile, tranches dorées, 22 fr. . . . . net 19 fr. 25
— **La guerre de Demain,** dessins de P. de Sémant, comprenant : La guerre de Forteresse. En rase campagne. En ballon. Le journal de guerre du lieutenant Von Piefke. 8 volumes reliés demi-chagrin, tranches jaspées. . . . . net 35 fr. »
MARBOT (Général). **Mémoires.** Gênes, Austerlitz, Eylau, la Bérésina, Waterloo. 3 vol. in-18, demi-reliure chagrin, tranches jaspées. net 14 fr. »
Reliure amateur, tête dorée. . . . . net 16 fr. 50
DU BARAIL (Général). Mes souvenirs 1820-1879, 3 vol. in-8, reliure d'amateur. . . . . net 27 fr. 50
MASSON. **Aventures de guerre,** souvenirs et récits de soldats (1792-1809). Magnifique vol. illustré de 110 aquarelles en couleurs, dont 30 hors texte. 1 vol. in-4, riche reliure d'amateur. . . . . net 30 fr. 75
PICARD (Commandant). **L'armée en France et à l'Etranger,** armées d'autrefois et aujourd'hui. La qualité, le nombre et le tempérament militaire des soldats français et étrangers. Les Écoles, l'armement et les combats. Beau volume in-4, riche reliure plaque, illustré de nombreuses gravures en noir et en couleurs. . . . . net 13 fr. »
ROUSSET (Commandant). **Scènes et Épisodes de la guerre de 1870-1871,** 40 planches hors texte. 1 vol. grand in-8, reliure plaque. . . . . net 8 fr. »
— **Histoire générale de la guerre de 1870-1871.** Ouvrage le plus complet sur les événements de l'année terrible. 6 volumes in-8, brochés. . . . . net 30 fr. »
Belle reliure de bibliothèque, tranches jaspées. . . . . net 60 fr. »
L'Armée Française. Types et costumes actuels de notre armée, 50 magnifiques planches en chromo, fac-similé d'aquarelles, format 40 × 30, au lieu de 70 fr. . . . . net 33 fr. »
L'Armée Russe, (costumes actuels), 8 superbes planches en fac-similé d'aquarelles, format 28 × 55, au lieu de 35 fr. . . . . net 18 fr. »
Armées Etrangères, armée anglaise, armée allemande, armée autrichienne, armée italienne 28 planches d'après nature, fac-similé d'aquarelles, format 45 × 30, au lieu de 45 fr. net 25 fr. »
Types militaires étrangers, par Draner, 20 planches humoristiques en couleurs, 1 album in-4, au lieu de 8 fr. . . . . net 4 fr. »

ARMAND DAYOT

INSPECTEUR DES BEAUX-ARTS

<table>
<tr><td>

LA RÉVOLUTION FRANÇAISE

CONSTITUANTE — LÉGISLATIVE — CONVENTION
DIRECTOIRE

Environ 2.000 planches d'après les peintures, gravures, sculptures et estampes du temps. Grand in-4° oblong un vol. :

Broché. . . . . 20 fr., net **17 50**
Rel. amat., maroq., plaq. or. 25 — — **22** »
Ex. sur papier de Chine,
numérotés. . . . . 60 — — **52** »

</td><td>

JOURNÉES RÉVOLUTIONNAIRES
1830-1848

D'APRÈS LES PEINTURES, GRAVURES, SCULPTURES MÉDAILLES, ETC.

—

In-4° oblong un vol. :

Broché. . . . . 10 fr., net **8 75**
Rel. amat. maroq., plaq. or. 15 — — **13** »
Ex. sur papier du Japon. 40 — — **35** »

</td></tr>
</table>

VOYAGES EXCENTRIQUES
Par Paul D'IVOI

Magnifique collection de volumes format 32×22, nombreuses illustrations en noir et en couleur d'après les dessins de Lucien Métivet et de Louis Tinayre.
Chaque volume, reliure plaque, tranches dorées . . . . **10 fr. 50**

CORSAIRE TRIPLEX, 117 gravures (*Nouveauté*). . . . . 1 volume
Jean Fanfare, illustré de 110 gravures . . . . 1 volume
Le Cousin de Lavarède, illustré de 150 gravures. . . . . 1 volume
Le Sergent Simplet, illustré de 132 gravures . . . . 1 volume
Les Cinq sous de Lavarède, illustré de 117 gravures. . . . . 1 volume

Crackville, par Pierre Legendre, nouveauté. Magnifique volume in-8 raisin, illustré de nombreuses gravures en noir et en couleur, d'après les dessins de Lucien Métivet, relié en toile, tranches dorées . . . . 11 fr. »	Mémoires de Jeunesse de Benjamin **Canasson**, notaire, par Edgar Monteil. Magnifique volume in-4 raisin, illustré de nombreuses gravures, augmenté de musique inédite de Ch. Hess, rel. en toile, tranches dorées. 11 fr. »

HOLLANDE ET HOLLANDAIS d'après nature Par *H. Durand.* Un volume illustré de 130 gravures, relié toile, tranches dorées. Net. 10 50	LES PARURES PRIMITIVES Par *Cocheris* Un volume illustré de 209 gravures, relié toile, tranches dorées. Net. 10 50	VOYAGES PITTORESQUES et TECHNIQUES en France et à l'Étranger Par *Lami.* Un volume illustré de 203 gravures, relié toile, tranches dorées. Net. 10 50

COLLECTION DE VOLUMES IN-8°

Chaque volume, relié toile, plaques de couleurs, tranches dorées, au lieu de 10 fr., net **6 fr.**

GOURDAULT. De Paris à Paris à travers les deux mondes, illustré de 25 gravures dans le texte et de 32 hors texte. . . . . 1 vol.
— La Femme dans tous les pays, illustré de 194 gravures . . . . 1 vol.
BATISSIER. Nouveau cabinet des Fées, 2e édition, illustré par Foulquié et Pasini . . . . 1 vol.
DELCOURT. Les Robinsons Français, illustré de 150 gravures . . . . 1 vol.
DUBARRY. Les Aventuriers de l'Amazone, illustré de 77 gravures dont 17 hors texte. . . 1 vol.

DIGUET. Mes aventures de chasse. 45 gravures dans le texte et 18 gravures hors texte. 1 vol.
BARBOU. Le Chien. Son histoire, ses exploits, illustré de 87 dessins. . . . . 1 vol.
BERTHET. Paris avant l'histoire, illustré de 60 gravures sur bois . . . . 1 vol.
— Les petits Ecoliers dans les cinq parties du monde, illustré de 100 gravures. . . . 1 vol.

BEAUX VOLUMES IN-4°
Écu, illustrés de nombreuses gravures.
Chaque volume, relié toile, plaques couleurs, tranches dorées. . . . . **3 fr. 95**

Arsène ALEXANDRE. Les Fées en train de plaisir. 46 dessins . . . . 1 vol.
MOULIN. Pages roses. 67 dessins . . . . 1 vol.
D'HERVILLY. Les Chasseurs d'Edredons. 46 dessins. . . . . 1 vol.
— En Bouteille. 50 dessins. . . . . 1 vol.
FREMINE. La Chanson du pays. 46 dessins 1 vol.
RICHEBOURG. Contes d'hiver. 40 dessins. 1 vol.
ADERER. Pour une rose. 43 dessins . . . 1 vol.
MATTHIS. Nos petits braves. 46 dessins . 1 vol.
GIRARD. Nos petits amis. 48 dessins. . . 1 vol.
BERTET. L'Expérience du grand papa. 108 dessins. . . . . 1 vol.

MAIRET. La tâche du petit Pierre. 46 dessins. . . . . 1 vol.
DE NIVELLE. Contes du vieux pilote. 36 dessins. . . . . 1 vol.
— Contes de la mer et des grèves. 61 dessins. 1 vol.
MATTHIS. Pique toto la paix et la guerre. 44 dessins . . . . 1 vol.
— Les deux Gaspards. 33 dessins . . . . 1 vol.
MANESSE. La veillée au pays breton. 82 dessins . . . . 1 vol.
GIRARD. Nos petits Diables. 82 dessins . 1 vol.

ÉDOUARD LABOULAYE

Belle collection de volumes in-8 raisin ; illustré par Yan d'Argent, Henri Pille et Henri Scott. Chaque volume relié toile, tranches dorées. . . . . 7 fr. »

Contes bleus, 1 vol.   Nouveaux Contes bleus, 1 vol.   Derniers Contes bleus, 1 vol.

L'Alsace et les Alsaciens à travers les siècles, par E.-C. Matthis. un volume illustré de 61 gravures dans le texte et hors texte et de chromotypographies, reliure toile, tranches dorées, 15 fr. . . . . net 7 »	SAHIB La Marine. Marins et navires anciens et modernes. un volume album, illustré par l'auteur de 200 gravures dans le texte et 8 aquarelles hors texte, reliure toile, tranches dorées, 15 fr. . . . . net 5 25

Album du Centenaire Grands hommes et grands faits de la Révolution Française. un volume illustré de gravures, relié toile, tranches dorées . . . . 5 fr. 25	Album de la Science. Savants illustres, grandes découvertes, un volume illustré de nombreuses gravures, relié toile, tranches dorées. 5 fr. 25

ALBUM DE L'INDUSTRIE (Nouveauté)
Un volume illustré de nombreuses gravures, relié toile, tranches dorées. . . . . **5 fr. 25**

BIBLIOTHÈQUE DE L'ENSEIGNEMENT DES BEAUX-ARTS

Chaque volume, format petit in-8. Broché, 3 50. Net   2 75
Relié toile anglaise, tranches jaspées. . . 4 50. Net   3 75

Anatomie artistique, par Mathias DUVAL.
Archéologie égyptienne. par MASPERO.
Archéologie étrusque et romaine, par MARTHA.
Archéologie grecque, par COLLIGNON.
Archéologie orientale. par BABELON.
Archéologie chrétienne, par PÉRATÉ.
Architecture grecque, par LALOUX.
Architecture romane, par CORROYER.
Architecture gothique, par CORROYER.
Architecture de la Renaissance, par PALUSTRE.
Armes (les), par MAINDRON.
Art arabe, par G YET.
Art byzantin, par BAYET.
Art chinois, par PALÉOLOGUE.
Art héraldique, par GOURDON DE GENOUILLAC.
Art indo-chinois, par A. DE POUVOURVILLE.
Art de la verrerie, par GERSPACH
Art japonais, par GONSE.
Art persan, par GAYET.
Broderies et Dentelles, par LEFÉBURE.
Composition décorative, par Henry MAYEUX.
Costume en France (le), par RENAN.
Faïence (la), par DECK
Gravure (la), par H. DELABORDE.
Lexique des termes d'art, par ADELINE.
Lithographie (la), par BOUCHOT.
Livre, impression et reliure, par BOUCHOT.

Manuscrits et la Miniature, par LECOY DE LA MARCHE.
Meuble (le), tome I et II, par Alfred DE CHAMPEAUX.
Monnaies et Médailles, par LENORMANT.
Mosaïque (la), par GERSPACH
Musique (la), par LAVOIX fils.
Musique allemande (la), par Albert SOUBIES.
Musique française (la), par LAVOIX fils.
Musique en Russie (Histoire de la), par A. SOUBIES.
Mythologie figurée de la Grèce, par MAX COLLIGNON.
Peinture anglaise (la), par Paul GIRARD.
Peinture antique (la), par Paul GIRARD.
Peinture espagnole (la), par Paul LEFORT.
Peinture française (la), par MERSON.
Peinture flamande (la), par WAUTERS.
Peinture hollandaise (la), par Henry HAVARD.
Peinture italienne (la), par LAFENESTRE.
Pierres fines (les), par BABELON.
Porcelaine (la), par VOGT.
Précis d'histoire de l'Art, par BAYET.
Procédés modernes de la Gravure (les), par DE LOSTALOT.
Sceaux (les), par LECOY DE LA MARCHE.
Sculpture antique (la), par PARIS.
Styles français (les), par LECHEVALLIER-CHEVIGNARD.
Tapisserie (la), par MUNTZ.
Vitraux (les) par MERSON.

Bibliothèque illustrée

FORMAT IN-4. COLLECTION MAME

Très beaux volumes splendidement illustrés, reliure ornements or, plaques spéciales
Chaque volume au lieu de 8 fr. 50. . . . . . Net   6 75

La Marine d'autrefois, par CONTESSE, illustré de 80 gravures sur bois. . . . . 1 vol.
Le Testament du Duc Job, par MÉAULLE, illustré de 55 gravures sur bois. . . . . 1 vol.
Mabel Vaughan. Vie d'un Américain, pas mis CUMMINS, illustré de 40 gravures. . . . 1 vol.

Mémoires d'un Romain. Vie privée de l'ancienne Rome par Paul BORY, illustré de 96 gravures. . . . . 1 vol.
Les Forêts de la France, par DEPELCHIN, illustré de 100 gravures sur bois. . . . . . . 1 vol.

LA TUNISIE
par Gaston Vuillier, magnifique volume petit in-folio, illustré de 80 gravures noires dans le texte et hors texte et 4 gravures hors texte en couleurs, relié percaline. . . . . Net   17 50

L'Armée en France et à l'Étranger
par le commandant Picard, 150 gravures sur bois et 20 sujets hors texte en couleurs, 1 volume petit in-folio, relié plaque . . . . Net   13 »

L'Homme aux Yeux de Verre
Aventures au Dahomey, par Rossi et Méaulle, 106 gravures de Baldo, Tofani, etc., 1 vol. petit in-folio, reliure plaque . . . . Net   13 »

OCCASIONS

NOUVELLE BIBLIOTHÈQUE CLASSIQUE

Magnifiques éditions de Bibliophiles. — *Tirage en grand papier de luxe*
Chaque volume format in-8, collection JOUAUST. Au lieu de 30 fr., net **9 fr. 50**

BOILEAU. Œuvres	Chine.	2 vol.	LA BRUYÈRE. Les Caractères.	Chine.	2 vol.
—	Whatman.	2 —	—	Whatman.	2 —
BOSSUET. Discours sur l'histoire universelle.	Chine.	2 —	MALHERBE. Poésies	Chine.	1 —
— Oraisons fnnèbres	Chine.	1 —	—	Whatman.	1 —
— —	Whatman.	1 —	MOLIÈRE. Théâtre	Chine.	8 —
CALIDASA. Sacountala	Chine.	1 —	—	Whatman.	8 —
CHAMFORT. Œuvres choisies.	Chine.	2 —	MARIVAUX. Théâtre	Chine.	2 —
—	Whatman.	2 —	—	Whatman.	2 —
CHÉNIER (André). Poésies.	Chine.	1 —	MONTESQUIEU. Grandeur et décadence des Romains.	Chine.	1 —
—	Whatman.	1 —			
CORNEILLE. Théâtre	Chine.	5 —	RABELAIS. Œuvres.	Chine.	4 —
COURIER. Œuvres	Chine.	3 —	RACINE. Théâtre.	Chine.	3 —
—	Whatman.	3 —	REGNARD. Théâtre.	Chine.	2 —
DIDEROT. Œuvres choisies.	Chine.	6 —	REGNIER. Œuvres	Chine.	1 —
HAMILTON. Mémoires de Grammont.	Chine.	1 —	RIVAROL. Œuvres choisies.	Chine.	2 —
—	Whatman.	1 —	—	Whatman.	2 —

Chaque ouvrage est orné d'un portrait en double état; nous ne possédons qu'un ou deux exemplaires de ces ouvrages qui ont été tirés seulement à 15 exemp. sur Chine et 15 sur Whatman.

Mémoires relatifs à l'histoire de France et Classiques Français

Éditions imprimées avec le plus grand luxe. — *Tirage : 20 exemp. sur Chine et 20 sur Whatman.*
Chaque volume, format in-18. Au lieu de 10 fr., net **3 fr.**

BOILEAU. Œuvres poétiques.	Chine.	2 vol.	LOUVET de COUVRAI. Mémoires.	Chine.	2 vol.
— —	Whatman.	2 —	— —	Whatman.	2 —
BOSSUET. Discours sur l'histoire universelle.	Chine.	2 —	MARIVAUX. Théâtre	Chine.	2 —
— —	Whatman.	2 —	—	Whatman.	2 —
BOUFFLERS. Contes.	Chine.	1 —	MARMONTEL. Mémoires.	Whatman.	3 —
— —	Whatman.	1 —	MOLIÈRE. Œuvres	Chine.	8 —
BRANCAS (Duchesse de). Mémoires.	Chine.	1 —	— —	Whatman.	8 —
— —	Whatman.	1 —	MONTAIGNE. Œuvres.	Chine.	7 —
CALISADA. Sacountala.	Chine.	1 —	—	Whatman.	7 —
— —	Whatman.	1 —	RABELAIS. Œuvres.	Chine.	4 —
CHAMFORT. Œuvres choisies.	Chine.	2 —	—	Whatman.	4 —
— —	Whatman.	2 —	RACINE. Théâtre.	Chine.	3 —
CHOISY (l'abbé de). Mémoires sur le siècle de Louis XIV.	Chine.	2 —	—	Whatman.	3 —
— — —	Whatman.	2 —	REGNARD. Théâtre.	Whatman.	2 —
CORNEILLE. Théâtre	Chine.	5 —	RIVAROL. Œuvres choisies.	Chine.	2 —
COURIER. Œuvres	Whatman.	3 —	— —	Whatman.	2 —
D'AUBIGNÉ. Mémoires	Chine.	1 —	ROTROU. Théâtre choisi.	Chine.	2 —
DIDEROT. Œuvres choisies.	Chine.	6 —	— —	Whatman.	2 —
— —	Whatman.	6 —	SAINT-ÉVREMOND. Œuvres choisies.	Chine.	2 —
DU HAUSSET (Mme) Mémoires.	Chine.	1 —	— —	Whatman.	2 —
—	Whatman.	1 —	STERNE. Voyage sentimental.	Chine.	1 —
FÉNELON. Éducation des filles.	Chine.	1 —	— —	Whatman.	1 —
—	Whatman.	1 —	VOITURE. Lettres	Chine.	2 —
FONTENELLE. Œuvres choisies.	Ch.	2 —	—	Whatman.	2 —
— —	Whatman.	2 —	VOLTAIRE. Théâtre.	Chine.	1 —
LA BRUYÈRE. Les Caractères.	Chine	2 —	— —	Whatman.	1 —
LA FAYETTE (Mme de). Mémoires.	Ch.	1 —	— Romans et Contes.	Chine.	4 —
LA FONTAINE. Fables	Chine.	2 —	— —	Whatman.	4 —
— —	Whatman.	2 —	— Poésies	Chine.	1 —
— Contes	Chine.	2 —	— —	Whatman.	1 —
— —	Whatman.	2 —	— Histoire de Charles XII.	Chine.	2 —
LIGNE (Prince de). Œuvres choisies.	Whatman.	1 —	— —	Whatman.	2 —
LINGUET. Mémoires sur la Bastille	Ch.	1 —	— Dictionnaire philosophique	Chine.	2 —
—	Whatman.	1 —	— —	Whatman.	2 —

ŒUVRES DE JULES VERNE

VOYAGES EXTRAORDINAIRES

Chaque volume illustré de nombreuses gravures, plaque spéciale, tranches dorées . . . . Net. **10 fr. 50**

Demi-reliure chagrin, tranches dorées. . . . . Net. **12 fr. •**

Le Superbe Orénoque	1 vol.	Trois Russes et Trois Anglais . . . . . . }	1 vol.
Face au Drapeau. Clovis Dardentor. . . .	1 vol	Une Ville flottante . . . . }	
L'Ile à hélice	1 vol.	Mrs Branican	1 vol.
Sans dessus dessous . . . . }	1 vol.	César Cascabel	1 vol.
Le Chemin de France . . . . }		Famille sans nom	1 vol.
Robur le Conquérant . . . . }	1 vol.	Deux ans de Vacances	1 vol.
Un billet de loterie . . . . }		Nord contre Sud	1 vol.
L'Etoile du Sud . . . . }	1 vol.	La Jangada	1 vol.
L'Archipel en feu . . . . }		Michel Strogoff	1 vol.
L'Ecole des Robinsons . . . . }	1 vol.	Un Capitaine de 15 ans	1 vol.
Le Rayon Vert . . . . }		Vingt mille lieues sous les mers	1 vol.
Les 500 millions de la Bégum . . }	1 vol.	Le Pays des Fourrures	1 vol.
Les Tribulations d'un Chinois . . . . . }		Kéraban le Têtu	1 vol.
Le Tour du Monde en 80 jours . . . }	1 vol.	La Maison à Vapeur	1 vol.
Le Docteur Ox . . . . }		Hector Servadac	1 vol.
Cinq semaines en ballon . . . . }	1 vol.	Aventures du capitaine Hatteras	1 vol.
Voyage au Centre de la Terre . . . . . }		Le Château des Karpathes et Claudius Bom-	
De la Terre à la Lune . . . . }	1 vol.	parnac	1 vol.
Autour de la Lune . . . . }		P'tit Bonhomme	1 vol.
Les Indes Noires . . . . }	1 vol.	Le Sphinx des Glaces	1 vol.
Le Chancellor . . . . }			

Les Enfants du Capitaine Grant . . . . 1 vol.

L'Ile mystérieuse . . . . 1 vol.

Mathias Sandorf . . . . 1 vol.

    Chacun des trois ouvrages ci-dessus, reliés plaque spéciale . . . . net **11 fr. •**

    En demi-rel. chagrin . . . . net **13 fr. •**

OCCASIONS EXCEPTIONNELLES

ŒUVRES COMPLÈTES DE MOLIÈRE

Avec notices sur chaque comédie, par Charles LOUANDRE (*Collection* JANNET-PICARD), caractères elzéviriens. 8 beaux volumes. Superbe reliure d'amateur, tête dorée . . . . **17** fr.

ŒUVRES DE RABELAIS

Édition conforme aux derniers textes, variantes, notes et glossaire, par Pierre JANNET, caractères elzéviriens (*Collection* JANNET-PICARD). 7 beaux volumes. Jolie reliure d'amateur, tête dorée, net . . . **15** fr.

HISTOIRE DE LA RÉVOLUTION FRANÇAISE
PAR LOUIS BLANC

15 beaux volumes in-18, reliés en 8, belle reliure d'amateur, tête dorée. Au lieu de 65 francs, net **24.50**

C'est pendant son exil que Louis Blanc entreprit ce vaste et large travail. On y retrouve ses qualités d'historien, l'élévation des sentiments et des pensées, un style plein d'énergie et de talent. Cet ouvrage a sa place marquée dans toutes les bibliothèques.

HISTOIRE UNIVERSELLE

Depuis les temps les plus reculés jusqu'à nos jours, par **WEBER**. Peuples orientaux. Histoire Grecque, Histoire Romaine, Moyen âge. Histoire moderne. Histoire contemporaine.

13 volumes in-18. Belle reliure de bibliothèque, tranches jaspées. Au lieu de 70 fr., net . . . . . **32** fr.

HECTOR MALOT

OUVRAGES ILLUSTRÉS POUR LA JEUNESSE

Sans Famille (ouvrage couronné par l'Académie française). Dessins de Loewitz, 2 vol. in-18 . . . . 7 fr. net **5.50**

    Cartonnage toile, tranches dorées . . . . 10 fr. net **8.75**

En Famille (ouvrage couronné par l'Académie française). Illustrations de Lanos. 2 vol. in-18 . . . . 7 fr. net **5.50**

    Cartonnage toile, tranches dorées . . . . 10 fr. net **8.75**

La Petite Sœur. Édition illustrée par Chapuis, Guyot, Rochegrosse, Vogel, etc., refondue spécialement pour la jeunesse. 2 vol. in-18 . . . . 7 fr. net **5.50**

    Cartonnage toile, tranches dorées . . . . 10 fr. net **8.75**

BEAUX LIVRES DÉTRENNES

Reliés plaques spéciales, tranches dorées

FORMAT IN-4 RAISIN

Chaque volume 15 fr.. . . . . .Net **13** fr. »

35 mois de campagne en Chine, au Tonkin, par Emile Duboc, illustrations de P. Marie et A. Brun.
A l'Abordage, par Henri de Brisay, 50 illustrations de Zier, gravées sur bois.
Jean La Poudre, par Henri de Brisay. 100 illustrations de Job, en noir et en couleurs.
Les 3 du Midi, par Edgar Monteil, illustrations de Robida.
Trop Grande, par Ernest d'Hervilly, illustrations de Mars.

MÊME FORMAT

L'Œuvre de Shakespeare (publié pour la jeunesse), par Charles Simond.
Dévouement, par Marie Laubot, illustré de 20 très belles gravures sur bois.

FORMAT GRAND IN-4

Chaque volume. . . . . .Net **6** fr. »

Le Siège de Médine, par H. Monet, illustré par Carrier. (Nouveauté).
Quatre-vingts ans d'histoire nationale (1815-1895), par E. Guillon, orné de 100 illustrations.
L'Indien blanc, par Leturque, illustré par Clérice.
La Sibérienne, par H. Monet, illustré de 50 dessins par Grobet.
L'Héritier du Rajah, par A. Chevalier, illustré par Clérice.
Perdu dans les Sables, par J. Brown, illustré de 60 dessins de A. Robida.
Exilée, par Jacques Lermont, illustrations de Kauffmann.
Seul sur l'Océan, par Mme Balleyguier et J. Gastine, illustré par Zier.
La Volonté d'un Père, par Mme Marie Laubot, illustré de 20 gravures sur bois.
Les Chants nationaux de la France, par G. Bonnefont. Cet ouvrage contient la musique (piano et chant)
    des principaux chants nationaux.
Don Quichotte de la Manche (édition pour la jeunesse), illustrations de Henri Pille.
Les Héroïnes du Travail, par Gaston Bonnefont, illustrations de Dutriac.
Histoire de la Révolution française, du Consulat et de l'Empire, par E. Guillon, orné de 100 illustr.

FORMAT GRAND IN-8 JÉSUS

Chaque volume. . . . . .Net **9** fr. **40**

Vivette, par Léon Barragand, illustré par Bouard. (Nouveauté).
Les Deux Gosses, par Pierre Decourcelle, volume écrit spécialement pour la jeunesse, illustration par
    Jouenne.
Deux Copains, par Amélie Perronnet, illustré par Grobet.
Pauvre Louise, par Edgar Monteil, illustré par L. Vauzanges.
Histoire d'un Petit exilé, par Mme O. Gevin-Cassal, illustré par Tiret-Bognet.
Les Miettes de la Science, par Gaston Bonnefont, ouvrage illustré de 120 gravures.
Miss Linotte, par J. Lermont, illustrations de Bayard.
A Travers les Tropiques, par Lady Brassey, ouvrage illustré de 300 gravures sur bois.
Droit au But, par Louis Mainard, illustrations de Montader.
L'Héritage de Marie Noël, par Louis Mainard, ouvrage couronné par l'Académie française.
Une cousine d'Amérique, par Louis Mainard, illustrations en noir et en couleur de Kauffmann.
L'Avenir d'Aline, par Henri Gréville, illustrations de Léandre.
Mademoiselle Volonté, texte et dessins de Fernand Calmettes.
Simplette, texte et dessins par Fernand Calmettes.
Sœur Aînée texte et dessins par Fernand Calmettes.
Histoire d'un Bonnet à poil, par Jules de Marthold, dessins de Job.

FORMAT GRAND IN-8 JÉSUS

Chaque volume. . . . . .Net **8** fr. »

Le Rachat de l'Honneur, aventures d'un soldat français au Soudan, par Armand Dubarry, illustrations
    de Beuzon.
La Maison aux lunettes. par Jacques Lermont, illustré par P. Kauffmann.
A dos de baleine, par A. Brown, illustrations de Kauffmann.
Les Millions du Petit Jean. par Louis Mainard, illustrations de Montader.
Une Vaillante, par Emile Pech, illustrations de Grobet.
Les cinq Nièces de l'Oncle Barbe Bleue, par Jacques Lermont, illustrations de Mas.
En Pension, par Jacques Lermont, illustrations de Leroux.
Autour du Drapeau, par Marc Bonnefoy, illustrations de Montader.
Nos fils sous les Armes, par Charles Leser, illustrations de Job, Carrey et Montader.
Le roi Boubou, par Edgar Monteil, illustrations de Mès.

FORMAT GRAND IN-4 CARRÉ

Chaque volume. . . . . .Net **6** fr. »

Le Fils du Garde-Chasse, texte et dessins de L.-M Vauzanges. (Nouveauté.)
L'Homme en Nickel, par S. Béthuis, illustré par Beuzon.
Jeanne la Patrie, par E. Monteil, illustré par Lelong.

FORMAT IN-8 RAISIN

Net. . . . . **5** fr. **25**

Souvenirs d'un simple Soldat en Campagne, par le capitaine Marc Bonnefoy, illustré par Carrey.
Les Robinsons vendéens, par J. Maranze, illustré par Grobet.
Mademoiselle sans le Sou, par Louis Mainard, illustré par Le Riverend.
Gamine, par Mme Bouron des Claves, illustrations de L. Vauzanges.
Le Capitaine Cœur d'Or, par J. Maranze, illustrations de Janas.
Seule à treize ans, par Ernest d'Hervilly, illustrations de Kauffmann.
Une Héroïne de seize ans, par J. Maranze, illustrations de Grobet.
Le Dévouement de Claudine, par J. Kergall, illustrations de Poirson.

BEAUX LIVRES D'ÉTRENNES
Reliés plaque spéciale, tranches dorées

Chaque vol. gr. in-8, relié, plaque spéciale, tranches dorées. . . . . net **8 fr. »**

MARIE LAUBOT. **Mademoiselle Qu'en dira-t-on,** illustré de nombreuses gravures d'après les dessins de Giacomelli, Duez, Bouisset, etc. . . . . 1 vol.
Mme CHAMBON Olivette, illustré de 120 gravures par Janel. . . . . 1 vol.
JEANNE MAIRET. **La Petite Princesse,** illustré de 110 gravures par Bouisset. . . . . 1 vol.
PIERRE MAEL. **Sauveteur.** Ouvrage couronné par l'Académie française, illustré de 100 gravures par Le Mains et Le Sénéchal 1 vol. grand in-8, rel. plaque spéciale, tranches dorées. Au lieu de 12 fr., net . . . . 10 fr. 50
BONNEFONT (Gaston). **Voyage en zigzags de deux jeunes Français en France,** illustré de 116 dessins de Poisson, 1 vol. in-4, plaque spéciale, tranches dorées, net . . . . 8 fr. 75

COLLECTION IN-8 JÉSUS

Richement illustrée de nombreuses gravures dans le texte et hors texte
Reliure, plaque spéciale, noir, or et argent, 3 fr. 90. . . Net **3 15**

DANIEL DE FOE. **Les Aventures de Robinson Crusoé,** illustrations de V.-A. Poirson et G. Halswelle . . . . 1 vol.
J.-B. WYSS. **Robinson suisse.** . . . . 1 vol.
LADY BRASSEY. **Voyages d'une famille à travers la Méditerranée,** racontés par la mère. . . . 1 vol.
GASTON TISSANDIER. **Les Héros du travail** (Nombreuses gravures sur bois) . . . . 1 vol.
GASTON TISSANDIER. **Les Martyrs de la science** (Nombreuses gravures sur bois) . . . . . 1 vol.
GASTON TISSANDIER. **Histoire de mes ascensions.** (Nombreuses gravures) . . . . 1 vol.
Le Naufrage de la « Jeannette », raconté par les membres de l'expédition. . . . . 1 vol.
Don Quichotte de la Manche. Nouvelle édition. (Nombreuses gravures). . . . . 1 vol.
NORDENSKIOLD. **Notre Expédition au Pôle Nord.** (Nombreuses illustrations) . . . . 1 vol.

COOK. **Les Trois Voyages du capitaine Cook.** Grand in-8, illustré d'environ 100 gravures, relié plaque spéciale, tranches dorées, net . . . . 4 fr. 90
MAINARD (Louis). **Fils de l'Océan.** 1 vol. grand in-8, nombreuses illustrations de Besnier, relié plaque spéciale, net. . . . . 8 fr. »

FORMAT IN-4 CARRÉ
Toile, tranches dorées, fers spéiaux . . . . Net **4 20**

Le Secret du Navire, par Robert-Louis Stevenson et Osbourne, illust. par Lamblanc.
Soga le Vengeur, par Abel Picard, illustré par Mas.
La Cantinière du 13e, par G. Le Faure. illustré par Zier.
L'Aventure de Roland, par H. de Brisay, illustré par Mucha
Le Chapeau de bleuets, par Ch. Simond, illustré par Vuillemin.
Cendrillonnette, par Dorsay, illustré par José Roy.

VOLUMES IN-8 RAISIN
Plaque spéciale. . . . . Net **3 50**

Pauvre Fille, par M. Brunot (Nouveauté).
Au milieu de la Bataille, par Hannedouche, illustré par Chalus.
30 jours de colonie scolaire, par Camille Mulley, illustré par Kauffmann.
Les Epreuves de Bernette, par Maxime Audran, illustré par Le Riverend
Les Nièces de tante Luce, par Mlle Chambon, illustré par Grobet.
Papa Moulin, par Octave Aubert, illustrations de Kauffmann.
L'entreprise de dix Lycéens à travers la Russie, par Edgar Monteil, illustrations de Vauzanges.
Petit Brave, par J. Kergall, illustrations de Grobet.
Un Don Quichotte en herbe, par Dorsay, illustrations de Vauzanges.
Les Fées de la Maison, par Mme Amélie Perronnet, illustrations de Kauffmann.
Petit Pierre, par Jean Lamy, illustrations de Leroux.
La Petite Denise, par Mme Dubuisson, illustrations de Ferdinandus.
Mes Prisons, par Silvio Pellico, illustrations de Mas.
La Lampe merveilleuse d'Aladdin, par Galland, illustrations de Martin.
La Petite Dompteuse, par Armand Dubarry, illustrations de Noir.
Histoire d'un Homme de bien, par Abel Richard, illustrations de Kauffmann.
L'Oncle Constantin, par Mme Nelly Lieutier, illustrations de Loevy.
Histoire de Quadrupèdes, par un Bipède, illustr. de Job, Montader et Leroux.

FORMAT IN-8 CARRÉ
Plaque spéciale. . . . . Net **2 90**

Le Roi des Placers, par Louis Mainard, illustré par Edyl. (Nouveauté).
La Conquête de l'Air, par A. Brown, illustré par Montader.
Malgré tout, par Marie Laubot, illustré par Vuillemin.
Souvenirs de chasse, par d'Amszeuil, illustré par Malher.
Mademoiselle la Mousquetaire, par A. Brown, illustré par Zier.
En Suisse, par Abel Berthier, illustré par Robida.
La Filleule de Maître Briçonnet, par Mlle Chambon, illustré par Zier.

LIVRES DE LUXE ILLUSTRÉS

A

GRAND RABAIS

AUDSLEY ET BOWES. **la céramique japonaise.** Edition publiée sous! a direction de Racinet. Contenant 27 gravures sur bois, 32 planches hors texte en noir et en couleur. 1 vol. in-8, riche reliure d'amateur maroquin, coins. Au lieu de 70 fr. . . . . net **25 fr.** »

AMICIS. Constantinople. Ouvrage illustré de 183 reproductions de dessins pris sur nature. 1 vol. in-8, reliure d'amateur. Au lieu de 25 fr. . . . . net **13 fr.** »

AICARD (Jean). La chanson de l'enfant. 128 compositions par Lobrichon, gravés sur bois par Rousseau. Charmant volume in-8, couronné par l'Académie française. Relié amateur. Au lieu de 40 fr.. . . . . net **15 fr.** »

ADELINE (Jules). Hippolyte Bellangé et son œuvre. Ouvrage illustré d'eaux-fortes. Gravures et fac-similés. 1 vol. in-8. Reliure d'amateur. Au lieu de 20 fr. . . . . net **10 fr.** »

Actrices de Paris (Les). Texte de Bergerat, Cl^{a}retie, Sarcey, etc., etc. Portraits hors texte, vignettes et culs de lampes en bistre, ouvrage de luxe tiré à 300 exemplaires. Reliure d'amateur, format in-8. Au lieu de 00 fr. net **25 fr.** »

Affiches étrangères illustrées. Ouvrage orné de 62 lithographies en couleurs et de 150 reproductions en noir et en couleurs, d'après les affiches originales des meilleurs artistes, tirage à 1,000 exemplaires sur papier vélin, exemplaires numérotés. 1 vol. in-4, 75 fr. . . . . net **50 fr.** »

BETZON. Jacqueline. Ouvrage de grand luxe, 27 planches en photogravure, d'après les aquarelles de A. Lynch. (Boussod et Valadon). Superbe vol. in-4, br. 60 fr. . . . . net **50 fr.** »

Belle Armurière (La), ou le siège de Bayonne au moyen âge, très beau livre illustré de nombreux dessins et aquarelles. Reliure d'amateur, format petit in-8. Au lieu de 35 fr. . . . . net **13 fr.** »

BERNARDIN DE SAINT-PIERRE. Paul et Virginie. Edition de grand luxe, 132 compositions de Leloir, dont 12 planches hors texte gravées a l'eau-forte. Riche reliure d'amateur. Au lieu de 50 fr. . . . . net **22 fr.** »
Le même ouvrage broché . . . . **17 fr.** »

CARAN D'ACHE ET MILLAUD. La Comédie du jour. Sous la république athénienne. Superbe volume in-8, nombreuses illustrations. Relié plaque spéciale. Tranches dorées, 25 fr. net **9 fr. 75**

CHARNAY. Les anciennes villes du Nouveau monde. Voyage d'exploration au Mexique et dans l'Amérique centrale (1857-1882). Magnifique volume petit infolio. 214 gravures sur bois, 19 cartes et plans. Reliure d'amateur. 65 fr. net . . . . **30 fr.** »

DORAT. Les Baisers. Précédés du mois Mai poëme, édition illustrée de 23 vignettes, 1 frontispice, et 22 culs de lampe de Eisen et Mariller. Ouvrage illustré avec un goût parfait, réimpression de 1770. 1 vol. in-8, broché. Au lieu de 40 fr. net. . . . . **25 fr.** »

DAUMIER (Honoré). L'Homme et l'Œuvre. Par Arsène Alexandre, ouvrage orné de 1 portrait à l'eau-forte, 2 héliogravures et 47 illustrations, reproductions des principales caricatures du maître. 1 vol. in-8. reliure d'amateur. Au lieu de 32 fr. net . . . . **14 fr.** »

DICK DE LONLAY. Nos Gloires militaires. Récits des combats et batailles les plus importants du siècle. Superbe volume in-4, orné de 233 gravures, reliure d'amateur. Au lieu de 25 fr. net **13 fr.** »

DRIOUX (l'Abbé). Les fêtes chrétiennes. Ouvrage illustré de 31 gravures sur acier, 40 compositions sur bois et 4 chromo-lithographies, lettres ornées et fins de chapitres. 1 fort volume grand in-8. Reliure plaque spéciale. Au lieu de 40 fr. net . . . . **20 fr.** »

FOURNEL (V.). Mon Vieux Paris. Fêtes, Jeux et Spectacles, contenant les fêtes et jeux publics, les foires, les boulevards, opérateurs, charlatans, arracheurs de dents. escamoteurs, ventriloques, tireurs de cartes, marionnettes, ombres chinoises, acrobates, nains et géants. animaux savants et curieux, cirques, courses, bêtes fauves et dompteurs, aérostats, 1 vol. petit in-4 orné de 165 grav. et pl. Relié richement, plaque spéciale, tranches dorées. Au lieu de 20 fr. net **11 fr.** »
En reliure d'amateur . . . . net **13 fr.** »

FOURNEL. Les Artistes français Contemporains. Peintres Sculpteurs. 1 vol. in-4, illustré de 15 gravures à l'eau-forte et de 176 gravures sur bois. Relié richement, plaque spéciale tranches dorées. Au lieu de 20 fr. net **11 fr.** »
En reliure d'amateur . . . . net **13 fr.** »

GARNIER (Edouard). La Verrerie et l'Emaillerie. Splendide vol. illustré. 4 chromolithographies et quantité de gravures et dessins. 1 vol. in-4, relié richement, plaque spéciale, tranches dorées. Au lieu de 20 fr. . . . . net **11 fr.** »
En reliure d'amateur . . . . net **13 fr.** »

GARNIER (Edouard). Histoire de la Céramique. Poteries, faïences. porcelaines chez tous les peuples, illustré de 4 chromo-lithographies et quantité de marques et monogrammes. 1 vol. in-8, reliure d'amateur. Au lieu de 30 fr. net **15 fr.** »

GÉRARD DE NERVAL. Les Filles du Feu, illustré de 6 dessins d'Edmond Adan et d'un portrait par Le Rat. 1 beau volume in-8. Librairie des Bibliophiles, belle reliure d'amateur. Au lieu de 35 fr. . . . . net **10 fr.** »

GOLSMITH. Le Vicaire de Wakefield. Traduction Gausseron, nombreuses illustrations en couleurs par Poirson. 1 beau vol. in-8. Au lieu de 15 fr. . . . . net **12 fr.** »

GONSE. Eugène Fromentin, peintre et écrivain. 1 vol. in-8 de 305 pages, une centaine de planches dans le texte, 16 eaux-fortes ou héliogravures. Reliure d'amateur. Au lieu de 40 fr. net **25 fr.** »

GUIFFREY. Histoire de la Tapisserie depuis le moyen âge jusqu'à nos jours, splendides gravures dans le texte et hors texte et planches en couleurs. 1 vol. in-4, relié plaque spéciale. Au lieu de 20 fr. . . . . net **13 fr.** »

HAVARD. Amsterdam et Venise. 1 volume grand in-8, orné de 7 eaux-fortes de Flameng et Gaucherel et 124 gravures sur bois. Relié toile, tranches dorées. plaque. Au lieu de 25 fr. net **9 fr. 75**

Hans Holbein, par Paul Mantz, magnifique volume in-folio. plus de 300 gravures dans le texte et 27 grandes planches à l'eau-forte hors texte, reproduction des plus riches dessins des Musées de Dresde, Berlin, La Haye, Bâle, etc. Exemplaire sur papier du Japon. Au lieu de 500 fr. . . . . net **150 fr.** »
Le même ouvrage, exemplaire papier de Chine. Au lieu de 300 fr. . . . . net **100 fr.** »

JEAN DE BOLOGNE. La Vie et l'œuvre, 80 figures hors texte et 22 eaux-fortes. 1 vol. in-folio, cartonné. Au lieu de 100 fr. . . . . net **50 fr.** »
Le nom de cet artiste est justement célèbre, d'habiles réductions ont assuré une sorte de popularité à la statue du Mercure Volant et au groupe de l'enlèvement des Sabines.

LAMARTINE. Œuvres, comprenant, méditations poétiques. Harmonies. Recueillements poétiques Jocelyn. Chute d'un ange. Poèmes et poésies diverses. Graziella-Raphael. Tailleurs de pierres de Saint-Point. Édition de très grand luxe (Hachette et Furne), imprimée en caractères elzéviriens avec lettrines ornées, têtes de chapitres et culs de lampe, encadrements et titres en rouge, 9 volumes grand in-8.
> Papier de Chine. Au lieu de 300 fr. . . . . net **150 fr.** »
> Papier Wathman. Au lieu de 450 fr. . . . . net **175 fr.** »
Cette édition tirée à 100 exemplaires sur papier de Chine et sur papier Wathman est complètement épuisée ; il ne nous reste que deux exemplaires de disponible.

LAMARTINE. Raphaël. Pages de la vingtième année, illustré de 10 compositions de Sandor, gravées à l'eau-forte par Champollion, 1 vol. grand in-8, reliure d'amateur. Au lieu de 35 fr. . . . . net **15 fr.** »

La Sainte Bible. Traduction par Lemaistre de Sacy, belle édition accompagnée de notes explicatives par l'abbé Delaunay, illustrée de 41 planches sur acier. Édition Curmer.
> 5 vol. grand in-8. Broché. Au lieu de 100 fr. . . . . net **39 fr.** »
> Belle reliure de bibliothèque, tête dorée. Au lieu de 150 fr. . . . . net **63 fr.** »

LA FONTAINE. Contes, illustrations de Fragonard, réimpression de l'édition de Didot, 1795, revue et augmentée d'une notice de Montaiglon. 2 magnifiques volumes in-4. Brochés, tirage sur papier vélin. 700 pages de texte, 100 planches hors texte. Au lieu de 150 fr. . . . . net **60 fr** »
> Exemplaire sur papier vergé. Au lieu de 250 fr. . . . . net **90 fr.** »
> Exemplaire sur papier de Chine. Au lieu de 250 fr. . . . . net **90 fr.** »

LEROUX (Hugues). Les jeux du cirque et la vie foraine. Illustrations de Garnier. 1 magnifique vol. grand in-8, renfermant plus de 270 dessins en couleurs, reliure plaque spéciale, tranches dorées. Au lieu de 25 fr. . . . net **12 fr. 50**

LEVALLOIS (Jules). Les maîtres italiens en Italie. Superbe ouvrage, illustré de 92 gravures. 1 vol. in-4, relié richement, plaque spéciale, tranches dorées. Au lieu de 20 fr. . . . . net **11 fr.** »
En reliure d'amateur. . . . . net **13 fr.** »

LONGUS. Daphnis et Chloé. Illustré de 41 compositions de Raphaël Colin, gravées à l'eau-forte par Champollion. 1 beau volume in-8, broché. Au lieu de 100 fr. . . . . net **60 fr.** »
Les 41 compositions contenues dans ce livre sont autant de petits chefs-d'œuvre qui s'harmonisent admirablement au sujet. Il ne nous reste que quelques exemplaires de ce beau livre qui est appelé à devenir rare.

MOLIÈRE. Œuvres. Édition illustrée de 31 dessins et un portrait de Leloir, gravés par Flameng, superbe impression de Jouaust, (librairie des Bibliophiles). 8 volumes grand in-8, riche reliure d'amateur, coins . . . . net **280 fr.** »
Le même ouvrage broché . . . . net **200 fr.** »

MOLIÈRE. Œuvres. 30 dessins de Leloir et un portrait gravé par Champollion. 8 volumes petit in-8, exemplaire sur papier Wathman, riche reliure d'amateur. Au lieu de 250 fr. net **150 fr.** »

MOSER. A travers l'Asie Centrale. Khiva, Boukara, Turkestan russe, Turcomans et la Perse, illustré de 170 gravures et 16 héliotypies. 1 vol. grand in-8, relié fers spéciaux, 25 fr. . . . . net **9 fr. 75**

MILÈS (Roger). Art et nature. Etudes brèves, splendide volume grand in-4, illustré de 35 eaux-fortes en héliogravures et lithographies originales de Puvis de Chavanne, Roll, Rousseau, Diaz, Daubigny, etc., etc. Chaque est bordée d'un élégant filet rouge, broché. Au lieu de 50 fr. . . . . net **15 fr.** »

MUSSET. Théâtre. 4 volumes in-8, illustré de 16 planches de Delord, (librairie des Bibliophiles), belle reliure d'amateur. Au lieu de 120 fr. . . . . net **45 fr.** »

PERRET. Les demoiselles de Liré. 32 illustrations en photogravures dont 16 compositions d'après les aquarelles de Delord et Leloir (Boussod et Valadon). Magnifique volume in-4, broché . . . . net **50 fr.** »

PRÉVOST (L'abbé). Histoire de Manon Lescaut et du chevalier des Grieux. Splendide édition illustrée de 237 illustrations de Maurice Leloir, comprenant 12 grandes planches à l'eau-forte, 225 sujets, encadrements, etc. 1 vol. in-4. broché. Au lieu de 60 fr . . . . net **38 fr.** »
Belle reliure d'amateur, maroquin, coins, 80 fr . . . . net **50 fr.** »
La même édition texte anglais, broché. Au lieu de 60 fr. . . . . net **25 fr.** »

Propos de table de la Vieille Alsace, illustrés tout au long de dessins originaux des anciens maîtres alsaciens, traduits, annotés et enrichis de compositions de Reiber. 1 vol in-4, broché, illustré de 400 dessins en couleurs. Au lieu de 50 fr. net . . . . **25 fr.** »

RAFFAELLI. Les types de Paris. Texte de Daudet, Richepin, Zola, Goncourt, Rosny, etc., etc. Magnifique volume in-4, splendidement illustré de nombreuses planches en couleurs et dessins, belle reliure satin. Au lieu de 30 fr. net **14 fr. 50**

ROUSSEAU. Les confessions. 96 eaux-fortes de Maurice Leloir, comprenant compositions diverses, culs-de-lampes, fleurons, etc. 2 beaux volumes grand in-8 colombier, brochés. Au lieu de 150 fr . . . . net **95 fr.** »

RACINE. Théâtre. Ouvrage orné de vignettes gravées à l'eau-forte sur les dessins d'Ernest Hillemacher. 4 beaux vol. (librairie des Bibliophiles), reliure d'amateur. Au lieu de 70 fr . . . . net **30 fr.** »

SPIRE-BLONDEL. Le livre des fumeurs et des priseurs. Ouvrage illustré de 113 dessins dont 16 hors texte par Fraipont. 1 vol. grand in-8, broché. Au lieu de 20 fr . . . . net **6 fr.** »
Reliure d'amateur, 30 fr . . . . net **10 fr.** »

STERNE. Voyage sentimental. Splendide volume grand in-8, illustré de 48 planches à l'eau-forte tirées hors texte. 1 vol. in-4, broché, 50 fr. . . . . net **30 fr.** »
Reliure d'amateur, maroquin, coins, 70 fr . . . . net **42 fr.** »

THEURIET. La vie rustique. Ouvrage illustré de 118 compositions de L'Hermite. 1 vol. in-4, broché. Au lieu de 50 fr. net . . . . **25 fr.** »
Riche reliure d'amateur, 60 fr . . . . net **30 fr.** »

THEURIET. Nos oiseaux, 110 compositions de Giacomelli et 20 grandes aquarelles, superbe impression sur beau papier vélin. 1 beau vol. grand in-4, broché en carton. Au lieu de 300 fr. . . . . net **150 fr.** »
Reliure maroquin, coins, 350 fr . . . . net **200 fr.** »

THEURIET. Le secret de Gertrude. 75 compositions dans le texte et 12 eaux-fortes hors texte (nouvelle édition texte revu par l'auteur et pouvant être mis entre toutes les mains). 1 beau vol. reliure d'amateur, peau de crocodile, net **10 fr. 50**

TISSOT. La Hongrie. De l'Adriatique au Danube. 1 vol. grand in-8, illustré de 160 gravures dans le texte et 10 héliogravures, reliure plaque, fers spéciaux. Au lieu de 25 fr. . . . . net **9 fr. 75**

UZANNE. Coiffures de style. La parure excentrique, époque de Louis XVI, 100 planches imprimées en couleurs. 1 vol. relié format in-32. Au lieu de 7 fr. 50 . . . . net **3 fr. 75**

— **Contes pour les Bibliophiles.** Très beau livre tiré à 1.000 exemplaires, dessins et gravures en noir et en couleurs par Robida. 1 vol. in-8, broché. Au lieu de 25 fr . . . . net **15 fr.** »

VACHON (Marius). Les chats. Esquisse naturelle et sociale, tableaux et dessins d'Henriette Ronner (Boussod et Valadon). Magnifique vol. grand in-4, 13 grandes planches hors texte en héliogravure et nombreux dessins dans le texte, richement relié, plaque spéciale. Au lieu de 50 fr. . . . . net **30 fr.** »

WATTEAU. Cent dessins, gravés par Boucher, préface de Paul Mantz, tirage à 500 exemplaires sur beau papier vélin numérotés à la presse. 1 beau vol. grand in-8, broché. Au lieu de 70 fr. . . . . net **18 fr.** »

ZOLA. Une page d'amour. 10 dessins et un portrait par Dantan. 2 vol. in-8, (librairie des Bibliophiles), reliure d'amateur. Au lieu de 65 fr. . . . . net **21 fr.** »

OCCASIONS

GUSTAVE DORÉ

Histoire des Croisades, par MICHAUD, magnifique publication illustrée de 100 grandes compositions de Gustave DORÉ, 2 beaux volumes in-folio, papier vélin de Hollande, numérotés à la presse, avec gravures sur Chine, cartonnage artistique.

Au lieu de 400 fr., *net* : **95** fr.

Il nous reste très peu d'exemplaires de cette édition, qui a été tirée seulement à 112 exemplaires.

Le *même ouvrage*, édition ordinaire, cartonnage artistique
Au lieu de 170 fr., *net* : **75** fr.

ARIOSTE
ROLAND FURIEUX

Nouvelle édition, traduction française de DU PAYS.

Un magnifique volume contenant 80 grandes compositions et 550 gravures d'après les dessins de G. DORÉ.

In-folio richement cartonné, plaque spéciale, tranches dorées.

Au lieu de 60 fr., *net* : **35** fr.

FAUST de GŒTHE

Traduction française de J. PORCHAT, revue par LÉVY
Splendide volume in-folio cartonné, plaque spéciale, tranches dorées.

Ouvrage illustré de 13 gravures sur acier et 50 gravures sur bois d'après les dessins de L. MAYER, et enrichi d'ornements, têtes de page et culs-de-lampe, par R. STEITZ, avec titres et encadrements imprimés en rouge. (Hachette).

Au lieu de 100 fr., *net* : **35** fr.

HISTOIRE UNIVERSELLE
par César CANTU

20 volumes in-8 brochés. Au lieu de 114 francs, *net* : **35** fr.
En bonne reliure de bibliothèque. Au lieu de 150 fr. . . . . . . *net* : **60** fr.

Cet excellent ouvrage, dont la réputation n'est plus à faire, a surtout le mérite d'avoir été conçu sur un plan tout à fait nouveau. Au lieu de passer en revue les différents peuples l'un après l'autre, système qui entraine des redites perpétuelles, l'auteur fait marcher d'un seul pas le genre humain tout entier, et met sous nos yeux l'ensemble de ses vicissitudes et de ses progrès. Il ne se borne pas aux guerres et aux révolutions, il pénètre dans la vie intérieure de chaque nation; il en étudie les mœurs, la législation, la littérature, les croyances, les opinions.

Nous appelons l'attention de MM. les Bibliothécaires sur cet important ouvrage qui n'existe qu'à petit nombre.

Le Roman Comique de SCARRON

peint par PATER et DUMONT le Romain, accompagné de notices explicatives par MONTAIGLON. Un splendide volume grand in-8, avec une double suite de gravures avant lettre.

Au lieu de 80 fr., *net* : **10** fr.

LIVRES DE GRAND LUXE, COLLECTION HURTREL

Les 5 vol. annoncés ci-dessous format in-16. Au lieu de 150 fr., net **25** fr.

Premier grenadier de France (*La Tour d'Auvergne*), par *Paul Déroulède*. Ravissant volume, gravures dans le texte et superbes planches hors texte, par *Detaille, Ferdinandus*, etc., etc. . . . . 1 volume

La Grande Diablerie, par *E. d'Amerval*. Charmant volume illustré de gravures en couleurs et eaux-fortes d'Avril . . . . 1 volume

Madame Roland, *sa détention à Sainte-Pélagie* (1793). Très beau volume illustré par *Poirson*, quantité de dessins dans le texte et hors texte . . . . 1 volume

Aventures romanesques d'un comte d'Artois, d'après un manuscrit de la Bibliothèque Nationale. Ouvrage orné de nombreux dessins et chromolithographies. . . . . 1 volume

Les Amours de Catherine de Bourbon, sœur du roi, et du Comte de Soissons. Splendide volume illustré d'eaux-fortes de *Labauze* et nombreux dessins. . . . . 1 volume

LIVRES ET ALBUMS JAPONAIS

Fables de Florian, illustrées en couleurs par des artistes Japonais, édition de luxe, format in-4 oblong, imprimé à Tokio, cartonné richement en un volume . . . . . . net 13 fr. »
Le même ouvrage, 2 volumes in-16 carré, sur papier créponé . . . . net 12 fr. »
—   exemplaire numéroté sur papier Hô-Sho . . . . net 35 fr. >
—   —   sur papier Tori-no-ko . . . . . . net 70 fr. »
Fables de La Fontaine, illustrées par les meilleurs artistes de Tokio, 2 volumes grand in-8. . . . . net 10 fr. 50
Le même ouvrage, tirage numéroté sur papier Hô-Sho. . . . . net 26 fr. >
—   —   sur papier Tori-no-ko . . . . net 44 fr. >
Hokousaï. Album de 60 estampes japonaises du XVIIIe siècle (réimpression des grands maîtres), format 22×18. Relié richement, cuir japonais . . . . net 20 fr. >
Outamaro. 12 estampes en couleurs, format 38×26 (réimpression moderne). . net 7 fr. >
Okou-Moura Massanabou. 16 estampes en couleurs, format 38×26 (réimp. mod.) . net 8 fr. 50

LE JAPON ARTISTIQUE par BING, contenant tous les chefs-d'œuvre de l'art japonais, publié avec la collaboration de Goncourt, Burty, Mantz, Renan, Hayashi, etc., etc. Environ 500 planches en couleurs, reproductions d'objets d'art, estampes, émaux, poteries, etc., format in-4, reliure spéciale. Au lieu de 120 fr., net . . . . **40** fr.

La céramique Japonaise, par AUDSLEY et BOWES, très bel ouvrage contenant 15 planches en noir et 17 en couleurs, 1 beau volume in-4, riche reliure, au lieu de 60 fr. . . . . net 25 fr. >
GUIMET. Promenades Japonaises : Tokio. Nikko, Yeddo, 1 beau volume, grand in-8, illustré de nombreux dessins hors texte et dans le texte et deux planches en couleurs, au lieu de 30 fr. . . . . net 5 fr. >
Yoshistoshi, 100 estampes, jolie collection, remarquable par la variation des sujets et des couleurs . . . . net 60 fr. >
Les Fidèles Ronins. Roman historique japonais, par TAMENAGA SHOUNSOUI, illustré de 50 planches, gravées par des artistes japonais, 1 volume in-8. Broché, au lieu de 12 fr. . . . . net 6 fr. »
Reliure cuir japonais. . . . . net 8 fr. 50
Les Fidèles Ronins. 55 estampes, par TOYOKOUNI, format 36×25 (belle collection d'estampes anciennes) . . . . net 40 fr. >
Nous ne possédons qu'une seule collection.

Nous ne possédons les albums japonais anciens, indiqués ci-dessous, que par un seul exemplaire.

Album de	planches		Album de	planches		Album de	planches	
34	17	»	92	45	»	134	68	»
49	25	»	98	50	>	139	70	>
57	28	»	108	54	>	144	72	>
64	32	»	116	58	>	145	73	»
72	35	»	130	65	>	160	75	»
74	37	»	134	66	>	180	90	>

GRAND CHOIX
D'Estampes Japonaises Anciennes

Ces estampes, que nous venons de recevoir du Japon, sont toutes en très belles épreuves et d'une grande richesse de coloris ; elles représentent les scènes les plus diverses. Les Japonais amoureux du surnaturel reproduisent particulièrement des scènes tragiques amenées par la vengeance ou la jalousie : Scènes de théâtre, scènes de jalousie, portraits d'acteurs, portraits d'actrices, guerriers, scènes d'intérieur, lutteurs, scènes de tortures, portraits divers, scènes de meurtre, etc., etc.
Chaque planche, montée sur bristol, format 40×55. . . . . net » 65
—   non montée   —   25×36. . . . . net > 50
Ces planches sont vendues par les marchands d'antiquités à des prix très élevés.

ESTAMPES ORIGINALES SUR LA GUERRE SINO-JAPONAISE

Ces estampes, de 72×37, représentent les épisodes et les combats les plus fameux de la guerre Sino-Japonaise, batailles de terre et de mer, elles sont toutes signées des meilleurs artistes japonais. Elles sont importées directement du Japon.
Nous possédons 25 planches diverses. Chaque planche séparément. . . . net 1 fr. 75

Collection de 200 planches japonaises du XVIIIe siècle, format 25×36, chaq. pl., net 1 fr. »

ALBUMS TIMBRES-POSTE
L. RICHARD

Cet excellent Album a obtenu 19 récompenses de 1re classe : Médaille d'Or, Médailles d'Argent, Médailles de Bronze, Diplômes d'Honneur.

ALBUM IN-4°

L'Album est divisé de façon à s'en servir indéfiniment, orné de dessins des différents types de timbres, ainsi que de nombreuses armoiries de pays; ouvrage comprenant les émissions de 1840 à 1897 et formant 642 pages. Environ 12.500 cases pour timbres.

Genre demi-reliure, coins, titre en or, 1 volume. . . . . **15 —**
Riche reliure cuir, coins, 1 volume. . . . . **18 —**
Avec tables alphabétiques, rel. demi-toile, impr. sur beau papier, 1 vol. . . . . **24 —**
Impression sur beau papier satiné, plaque spéciale, superbe volume . . . . **26 —**
Reliure demi-toile, plaque spéciale, en 2 volumes. **32 —**
Reliure toile, plaques spéciales, en 2 volumes. . . . . **36 —**
Magnifique édition de grand luxe, reliure originale en toile, dessin de la couverture en relief, tranches dorées, serrures mobiles, feuillets supplémentaires, 2 volumes . . . . **70 fr.**
Le même ouvrage, papier vélin supérieur, reliure antique, dos maroquins, plats ornés, tranches dorées, serrures mobiles munies de boutons, feuillets supplémentaires, etc. 2 magnifiques volumes reliés. . . . . **110 fr.**
Le même ouvrage, divisé en 3 volumes, reliure riche, maroquin plein, renfermés en étuis **200 fr.**

Édition VICTORIA

ALBUM IN-8°

Contenant 1.000 illustrations réduites et 1.800 cases vacantes pour timbres, 78 pages, cartonnage papier. . . . . **0 fr. 75**
Le même album, cartonnage imitation toile, fers spéciaux. . . . . **1 fr. »**
Contenant 1.070 illustrations réduites, 2.200 cases vacantes pour les timbres, 78 pages, cartonnage plaque spéciale. . . . . **1 fr. 25**
Le même album, 94 pages, reliure plaque. . . . . **1 fr. 50**
— 94 pages, reliure toile, fers spéciaux. . . . . **1 fr. 75**
Contenant 1.070 illustrations, 3.100 cases vacantes et environ 175 illustrations de timbres rares, cartonnage plaque spéciale. . . . . **2 fr. 25**
Le même album, cartonnage riche. . . . . **2 fr. 75**

ALBUM IN-4°

1.070 illustrations, 3.700 cases vacantes pour les timbres et de nombreuses armoiries d'États, 94 pages, cartonnage papier, plaque spéciale. . . . . **3 fr. »**
Le même album, imitation cuir . . . . **4 fr. »**
— reliure toile, impression en couleurs sur les plats. . . . . **4 fr. 75**
1.120 illustrations, 8.580 cases pour les timbres et de nombreuses armoiries, impressions en couleurs, sur les plats . . . . **5 fr. »**
Le même album, imprimé sur une page, relié toile. . . . . **7 fr. 50**
— imprimé sur une page, relié, dos cuir. . . . . **8 fr. 50**

Catalogue illustré de tous les Timbres-Poste émis depuis 1840 jusqu'à 1897 avec leurs prix de vente, par Victor ROBERT, 1 volume in-8°, 354 pages. Net. . . . . . **1 fr. 75 (franco 2 fr.)**

Catalogue prix-courant de Timbres-Poste ainsi que les prix à l'état de neuf et usé auxquels on peut se les procurer, par Th. LEMAIRE. 1 volume in-18, 600 pages. Net. . . . . **1 fr. 75 (franco 2 fr. 25)**

SOLDE
La Mer

La Méditerranée, la Côte normande, l'Océan, la Chanson de la Mer, les Femmes de la Mer, les Ports, par René MAIZEROY, préludes de ALENE. BONNETAIN, BOURGET, GEFFROY. etc., etc. 24 grandes eaux-fortes et 6 héliogravures, quantité de gravures dans le texte, fleurons, culs-de-lampe, etc., etc. : illustrations de Louise ABBÉMA et Georges CLAIRIN.

1 superbe volume in-folio. Au lieu de 15 fr. . . . . net 15 »
Cartonnage artistique . . . . net 30 »

BIBLIOTHÈQUE DES ÉCOLES ET DES FAMILLES

ILLUSTRÉE DE NOMBREUSES GRAVURES DANS LE TEXTE

COLLECTION TRÈS GRAND IN-8
Illustrée de très nombreuses gravures

Cartonnage percaline, plats et tranches dorés. . . . . 12 fr. » net **10 50**

ALBERT (Paul). La littérature française des origines au XVIII° siècle.
— Les capitales du monde.
DUMONT (J.-B.). Les grands travaux du XIX° siècle.
GOURDAULT (J.). L'Europe pittoresque (Pays du Nord).

GOURDAULT (J.). La France pittoresque.
MEISSAS (G.) Les grands voyageurs contemporains.
POIRÉ (P.). A travers l'industrie française.
RECLUS (O.) Nos colonies.
— En France !

COLLECTION GRAND IN-8

Illustrée de gravures en noir et de nombreuses planches en couleurs, tirées hors texte

Cartonnage percaline, plats et tranches dorés. . . . . 6 fr. 50 net **5 70**

ASSOLLANT. Montluc le Rouge.
BIGOT. Gloires et Souvenirs militaires.
COLOMB (Mme). Pour la patrie.
DELON (Ch.). Les peuples de la Terre.
DEMOULIN (Mme Gustave). Français illustres.
— Françaises illustres.

FERRY (Gabriel). Costal l'Indien.
— Les aventuriers du Val d'Or.
GERARD (Jules). Le tueur de lions.
HOUDETOT (comtesse de). Ysabetl.
LARCHEY (L.). Les cahiers du capitaine Coignet.
WITT (Mme de) née Guizot. La France à travers les siècles.

PREMIÈRE SÉRIE, FORMAT GRAND IN-8

Cartonnage percaline, plats et tranches dorés. . . . . 4 fr. 60 net **4 »**

BEECHER STOWE (Mrs.). La case de l'oncle Tom
CAHUN (L.). La bannière bleue.
CERVANTES. Don Quichotte de la Manche.
CHARNAY (D.). A travers les forêts vierges.
DESLYS (Ch.). L'héritage de Charlemagne.
DRONSART (M.). Les grandes voyageuses.
DU CAMP (Maxime). Bons cœurs et braves gens.
FIGUIER (L.). Les grandes inventions modernes.
FONVIELLE (W. de). Les navires célèbres.
GAFFAREL (P.). La conquête de l'Afrique.
GOURDAULT. La Suisse pittoresque.
— L'Italie pittoresque.
GUILLEMIN (A.). La terre et le ciel.
LEFEBVRE. Gouttes de pluie et flocons de neige.
MAEL (Pierre). Une Française au Pôle Nord.
MANZONI. Les fiancés.
MEYNERS d'ESTREY. A travers Bornéo.

MONNIER (J.) Notre belle patrie.
MOUTON (E.). Lazare Poban.
POUCHET. Mœurs et instincts des animaux.
RAYNAL (H.). Les naufragés des îles Auckland.
ROUSSELET (L.). L'exposition universelle de 1889.
STANY (Le comte). Seule !
— Le secret du donjon.
TOUDOUZE (G.). Enfant perdu.
WALTER SCOTT. Ivanhoé.
— Kenilworth.
— Quentin Durward.
WITT (Mme de), née Guizot. Vieilles histoires de la patrie.
— Histoires de l'ancien temps.
— La France au XVI° siècle.
WYSS. Le Robinson suisse.

DEUXIÈME SÉRIE, FORMAT IN-8

Cartonnage percaline, plats et tranches dorés. . . . . 3 fr. 90 net **3 15**

ABOUT (Ed.). Le roi des montagnes.
— Nouvelles et souvenirs.
ALBERT-LEVY. Le pays des étoiles.
BAKER. L'Enfant du naufrage.
CAHUN (L.). Les pilotes d'Ango.
— Les mercenaires.
COLOMB. Habitations et édifices.
COLOMB (Mme). Les révoltes de Sylvie.
— Mon oncle d'Amérique.
— Les étapes de Madeleine.
COOPER (F.). Le dernier des Mohicans.
CORNEILLE. Œuvres choisies.
CORTAMBERT (R.). Mœurs et caractères des peuples.
DEMOULIN (Mme Gustave). Les gens de bien.
— Aventures d'un écolier en rupture de ban.
DESLYS (Ch.). Courage et Dévouement.
— L'ami François.
DICKENS. David Copperfield.
— Aventures de M. Pickwick.
— Nicolas Nickleby.
— Dombey et fils.
— Le magasin d'antiquités.
— La petite Dorrit.
— Aventures de Martin Schuzzlewit.
DUFFERIN. Lettres écrites des régions polaires.
DURUY (Mme V.). Récits d'histoire romaine.
ERWIN (Mme Emma d'). Heur et Malheur.
FLAMMARION. Les merveilles célestes.

GAFFAREL. Les campagnes de la première République.
— Les campagnes du Consulat et de l'Empire.
— Les campagnes de l'Empire. (Succès et revers).
— Les campagnes de l'Empire. (Revers).
GIRARDIN. Le locataire des demoiselles Rocher.
— Les épreuves d'Etienne.
— La famille Gaudry.
GOURDAULT. Rome et la campagne romaine
— Venise et la Vénétie.
— Les villes de la Toscane
— Naples et la Sicile.
GUY (H. et C.) Le roman d'un petit marin.
— La croisade de Gérard.
HAYES. Perdus dans les glaces.
HENTY. Les jeunes francs tireurs.
HOMERE. L'Illiade et l'Odyssée.
KINGSTON. Une croisière autour du monde.
MARMIER (X.). Le succès par la persévérance.
MICHEL (G.) Histoire de Vauban.
MOLIERE. Œuvres choisies.
NANTEUIL (Mme de). Capitaine.
PAULIAN. La hotte du chiffonnier.
PERRIER. Les explorations sous-marines.
PETIT. La mer et la marine.
SAINT-PAUL. Histoire monumentale de la France.
STANLEY. La terre de servitude.
VIGNON (P.). L'expansion française.
VIRGILE. Œuvres choisies.

LES PLUS PETITS LIVRES DU MONDE

LE PLUS PETIT DICTIONNAIRE DU MONDE

Dictionnaire Français-Anglais et Anglais-Français. — Cette petite merveille n'a, comme dimensions, que 28 millimètres de hauteur sur 20 millimètres de longueur, contient 672 pages, 400.000 mots. Relié en cuir souple et renfermé dans un médaillon avec une loupe pour le lire.

Prix. . . . . 2 fr.

ENGLISH SCOTCH

AND IRISH SONGS

With music, magnifique volume microscopique. *Chansons et Musique*, 128 pages, hauteur 28 millim., largeur 19 millim., épaisseur 5 millim., poids 4 grammes, relié en cuir souple et renfermé dans un médaillon formant loupe.

Prix . . . . 2 fr.

NEW TESTAMENT

Impression microscopique, contient 320 pages, hauteur 17 millim., largeur 14 millim., poids 7 grammes, relié en cuir souple et renfermé dans un médaillon loupe.

Prix. . . . . 2 fr.

MY TINY

ALPHABET D'ANIMAUX

Livre microscopique avec gravures coloriées, hauteur 28 millim., largeur 19 millim., épaisseur 7 millim., poids 4 grammes, relié en cuir souple.

Prix. . . . . 2 fr.

HOLY BIBLE

Ce charmant petit volume ne mesure que 42 millimètres de hauteur sur 20 millimètres de largeur, contient 876 pages, relié en cuir souple et renfermé dans un étui avec une loupe pour le lire.

Prix net. . . . . 3 fr. 25

Livres Minuscules
IMPRIMÉS EN CARACTÈRES MOBILES

Mesurant 38 millim. de hauteur sur 28 millim. de largeur

(Chaque volume ne pèse que 5 grammes)

Broché net. . . . **1 35**. — Reliure maroquin net. . . . **2 50**

PERRAULT. **Le Petit Poucet**, orné de 4 gravures, 80 pages. . . . . 1 volume
BUFFENOIR. **Jeanne d'Arc**, orné de 4 gravures, 100 pages . . . . 1 —
VOLTAIRE. **Jeannot et Colin**, 5 gravures, 88 pages . . . . 1 —
Les Rondes de l'Enfance, 5 gravures, 14 pages de musique, 84 pages . . . . 1 —
Hégésippe MOREAU. **La Souris Blanche**, illustré de Pille, 100 pages. . . . . 1 —
D'AULNOY (Madame). **Fortunée**, 4 gravures, 88 pages . . . . 1 —
NODIER. **La filleule du Seigneur**, 4 gravures, 66 pages. . . . . . . 1 —
CLARETIE. **Boum Boum**, 4 gravures, 64 pages . . . . 1 —

Jules SIMON

Mémoires des Autres.	1 vol.	Ces trois volumes in-18, illustrés de nombreuses gravures, sont imprimés avec soin sur beau papier, reliés richement, genre amateur et réunis dans une gaine.
Nouveaux Mémoires des Autres.	1 vol.	
Derniers Mémoires des Autres.	1 vol.	Prix net. 14 50

ÉDITIONS DE BIBLIOPHILES

Magnifique collection de livres d'amateurs, tirés à très petit nombre, imprimés en caractères elzéviriens sur papier à la forme et illustrés par les meilleurs artistes. (Editions de Jouaust)

Il ne nous reste que quelques exemplaires de ces ouvrages

ABOUT. **Le roi des montagnes**. 1 vol. in-8 raisin, orné de 8 dessins de Delort, gravés à l'eau-forte par Mongin. Exemplaire sur papier Whatman contenant une double suite des eaux-fortes avec et avant la lettre, 100 fr. net. . . . . 50 fr. »
Suite de 7 dessins de Ch. Delort et un portrait, 18 fr. net . . . . 9 fr »
Avant lettre, 30 fr. . . . . net 15 fr. »
Av. t. lettre, 45 fr . . . . net 22 fr 50
Av. t. lettre sur Japon, 60 fr. . . . . net 30 fr. »

ANACREON. **Poésies**. Charmante édition, ornée des compositions d'Em. Lévy, gravées à l'eau-forte par Champollion. 1 vol. in-16 papier de Hollande, 20 fr . . . . net 5 fr. »
Papier de Chine où Whatman. Exemplaires numérotés, 40 fr. . . . . net 18 fr. »
Suite de 5 dessins d'Em. Lévy, 5 fr. . . . . net 2 fr 50
Avant lettre, 8 fr. . . . . net 4 fr. »

BEAUMARCHAIS. **Le Barbier de Séville et le Mariage de Figaro**. Dessins d'Arcos, gravés par Monziès. 2 vol. in-16, 32 fr. . . . net 16 fr. •
Sur papier de Hollande, exemplaires numérotés, 55 fr. . . . . net 27 fr. 50
Suite de 9 dessins d'Arcos et portrait gravés par Monziès 18 fr. net 9 fr. »
Avant lettre, 30 fr. . . . . net 15 fr. »
Avant toute lettre, 45 fr. . . . . net 22 fr. 50
— — — sur Japon. 60 fr. . . . . net 30 fr. »
En premier état sur Japon. 150 fr. . . . . net 70 fr. »

BERNARDIN DE SAINT-PIERRE. **Paul et Virginie**. Edition ornée de 6 dessins de Laguillermie gravés à l'eau-forte. 1 vol. in-16. 20 fr. net. . . . . 10 fr. •
Suite des 6 dessins de Laguillermie, 13 fr. net 6 fr. »
Avant lettre, 20 fr. . . . . net 10 fr. »
Avant toute lettre, 30 fr. . . . . net 15 fr. »

BRANTOME. **Les dames galantes**. Superbe édition illustrée de 10 dessins de Ed. de Beaumont, gravés par Boilvin. 3 vol. in-16, 40 fr. net . . . . 20 fr. •
Suite des 10 dessins de Ed. de Beaumont, gravés à l'eau-forte, 22 fr. . . . . net 11 fr »
Avant lettre, 35 fr. . . . . net 17 fr. 50
Avant toute lettre, 55 fr. . . . . net 27 fr. 50

—'**Caquets de l'accouchée**. Jolie édition illustrée de 14 eaux-fortes de Lalauze. 1 vol. in-16, 25 fr. . . . . net 12 fr. 50
Sur papier de Hollande in-8. Exemplaire numéroté, 40 fr. . . . . net 20 fr. •
Suite des 14 dessins de Lalauze, 15 fr. . . . net 7 fr 50
Avant toute lettre, 30 fr. . . . . net 15 fr. »
Av. toute lettre sur Chine, 35 fr. . . . . . net 17 fr. 50

CAZOTTE. **Le Diable amoureux** Illustré de charmantes compositions de Lalauze 1 vol. in-16, 20 fr. . . . . net 10 fr. »
Sur papier de Hollande, 35 fr. net 17 fr. 50
Papier de Chine ou Whatman eaux-fortes avant et avec la lettre 70 fr. . . . . . net 35 fr. »
Exemplaires numérotés.
Suite de 7 planches de Lalauze, 15 fr. . . . net 7 fr. 50
Avant lettre, 24 fr. . . . . net 12 fr. »
Avant toute lettre, 36 fr. . . . . net 18 fr. »
Av. t. l. sur Japon, 50 fr. . . . . net 25 fr. »

CERVANTES. **Don Quichotte**. Edition ornée de 1 portrait et 17 dessins de J. Worms, gravés à l'eau-forte par Los Rios. 6 vol. in-16, 75 fr. net . . . . 48 fr. 75
Exemplaires numérotés :
Sur papier de Chine ou Whatman format in-16, avec une double suite avant et avec la lettre, 150 fr . . . . net 75 fr. »
Format in-8, sur papier de Hollande. 120 fr. net . . . . 60 fr. »
Sur papier de Chine ou Whatman contenant une double suite des gravures avant et avec la lettre. 240 fr. . . . . net 120 fr. »
Suite des 17 dessins de J. Worms et un portrait gravé par de Los Rios, 40 fr. . . . . net 20 fr. »
Avant lettre, 60 fr. . . . . net 26 fr. »
Avant toute lettre, 90 fr. . . . . net 46 fr. »
Av. t. l. sur Japon, 115 fr. . . . . net 50 fr. »
En premier état sur Japon, 275 fr. . . . . net 125 fr. •

CLARETIE (Jules) **Peintres et Sculpteurs**. H. Regnault, Tassaert, Hamon, Millet, Corot, Barye, Pils, Carpeaux, Fromentin, Diaz, Courbet, Daubigny, Daumier, Couture, Coignet, Meissonier, P. Baudry, Gerôme, Henner, G. Doré, Bonnat, Carolus Duran, Dupré, Voïon, L. Leloir, Detaille, J.-P. Laurens, J. Lefebvre, Falguière, etc. 2 forts vol. in-8 sur Whatman avec une double épreuve des portraits avant et avec la lettre. Exemplaire numéroté. 240 fr. . . . . net 55 fr. »

ESCHYLE. **L'Orestie**. Dessins de Rochegrosse, gravés à l'eau-forte par Champollion. 1 vol. in-16, papier vélin de Hollande. 20 fr net. . . . . 5 fr. »
Suite des 6 dessins de Rochegrosse, 6 fr. net 3 fr. •
Avant lettre, 9 fr. . . . . net 4 fr. »
Épreuves en premier état sur Japon, 45 fr net 20 fr. »

FLORIAN. **Fables**. Belle édition ornée de 7 dessins de E. Adan, gravés à l'eau-forte par Le Rat. 1 vol. in-16, 20 fr. . . . net 7 fr. »
Sur papier de Hollande, in-8, 35 fr., net 17 fr. »
Papier de Chine ou Whatman. Exempl. numérotés avec double suite avant et avec la lettre. 70 fr. . . . . net 30 fr. »
Suite des 6 dessins d'Ed. Adan et portrait, gravés à l'eau-forte par Le Rat, 15 fr. . . . . net 7 fr.
Avant lettre, 25 fr. . . . . net 12 fr.
Avant toute lettre, 40 fr. . . . . net 20 fr.
Avant toute lettre sur Japon, 50 fr. . . . . net 25 fr.
En premier état sur Japon, 125 fr. . . . . net 50 fr.

FOE (D. DE). **Aventures de Robinson Crusoë**. Edition ornée de 9 dessins de Mouilleron. 4 vol. in-16. 40 fr. . . . . net 10 fr. »
Exemplaires numérotés.
Papier de Hollande, 65 fr. . . . net 32 fr. »
Papier Whatman, contenant une double épreuve des gravures avant et avec la lettre, 80 fr., net . . . . 40 fr. »
Suite des eaux-fortes, 20 fr. . . . . net 9 fr.
Avant lettre, 30 fr. . . . . net 14 fr.
Avant toute lettre, 50 fr. . . . . net 25 fr.
Avant toute lettre sur Japon, 65 fr. . . . . net 30 fr.

GALLAND. **Les mille et une nuits**. Charmant ouvrage illustré de 24 eaux-fortes de Lalauze. 10 vol. in-16, 90 fr. . . . . . . net 45 fr. »
In-8, papier de Hollande, 150 fr., net 75 fr. »
Suite des 24 planches de Lalauze, 45 fr. . . . net 20 fr.
Avant lettre, 70 fr . . . . net 30 fr.
Avant toute lettre, 110 fr. . . . . net 45 fr.

GÉRARD DE NERVAL. **Les filles du feu**. 6 dessins de Ed. Adan, gravés par Le Rat. 1 vol. in-8, raisin, papier vélin de Hollande, 40 francs, net. . . . . 13 fr. 75
Suite des 6 dessins de Ed. Adan et un portrait, 18 fr., net . . . . 9 fr.
Avant lettre, 30 fr. . . . . net 15 fr.
Avant toute lettre, 45 fr. . . . . net 22 fr.
Avant toute lettre sur Japon, 60 fr. . . . . net 30 fr.

GOETHE. Faust. Belle édition ornée de 6 eaux-fortes de J. P. Laurens et un portrait de Gœthe gravés par Champollion. 1 vol. in-8, net 15 fr. »
Sur papier de Chine ou Whatman, exemplaires numérotés contenant une double suite des gravures avant et avec la lettre . . net 30 fr. »
Sur grand papier soleil numéroté, net 30 fr. »
Suite des 6 dessins de J. P. Laurens et portrait gravés par Champollion, 20 fr. . . . . net 10 fr.
Avant lettre, 30 fr. . . . . net 14 fr.
Avant toute lettre, 50 fr. . . . . net 24 fr.

GOETHE. Werther. Jolie édition illustrée de 7 charm. compositions de Lalauze. 1 vol. in-16, 20 fr. . . . . net 10 fr. »
Exemplaires numérotés, sur papier de Hollande, 35 fr. . . . . net 17 fr. 50
Sur papier de Chine ou Whatman, gravures avant et avec la lettre, 70 fr. . . net 30 fr. »
Suite des 7 planches de Lalauze, 15 fr. . . . . net 7 50
Avant lettre, 24 fr. . . . . net 12 fr.
Avant toute lettre, 36 fr. . . . . net 18 fr.
Avant toute lettre sur Japon, 45 fr. . . . . . net 22 fr.
En premier état sur Japon, 125 fr. . . . . . net 60 fr.

GOLDSMITH. Le vicaire de Wakefield. Jolie édition ornée de 9 jolies eaux-fortes de Lalauze. 2 vol. in-16, 25 fr. . . . . net 8 fr. 50
Sur papier Whatman, gravures avant et avec la lettre, 50 fr. . . . . net 22 fr. »
Tirage in-8, sur papier de Hollande, 40 fr. . net . . . . 18 fr. »
Sur papier de Chine ou Whatman, contenant une double suite des gravures avant et avec la lettre, 80 fr. . . . . net 35 fr. »
Exemplaires numérotés.
Suite des 9 planches de Lalauze, 20 fr. . . . . net 10 fr.
Avant lettre, 30 fr. . . . . net 15 fr
Avant toute lettre, 45 fr. . . . . net 20 fr.

HOFFMANN. Contes. Édition ornée de 11 jolies eaux-fortes de Lalauze. 2 vol. in-16, 36 fr. net . . . . 18 fr. »
Sur papier de Hollande, in-8, 60 fr., net 30 fr. »
Sur papier Whatman, avec une double suite des eaux-fortes avant et avec la lettre. Exemplaire numéroté, 120 fr. . . . . net 55 fr. »
Suite des 11 planches de Lalauze, 22 fr. . . . net 10 fr.
Avant lettre, 35 fr. . . . . net 15 fr.
Avant toute lettre, 55 fr. . . . . net 35 fr.
Avant toute lettre sur Japon, 70 fr. . . . . . net 30 fr.

LA FONTAINE. Contes. 10 dessins de Ed. de Beaumont et portrait, gravés par Boilvin, 2 vol. in-16, 35 fr. . . . . net 10 fr. 50
In-8, sur papier de Hollande, numéroté, 70 fr. . . . . net 27 fr. »
Suite des dix dessins et un portrait, 25 fr . . net 18 fr.
Avant lettre, 40 fr. . . . . net 18 fr.

— Fables. 12 dessins de Adan et portrait gravés par Le Rat 2 vol. in-16, 40 fr. . . net 12 fr. »
Tirage in-8, sur papier de Hollande, 65 fr., net . . . . 28 fr. »
Sur papier de Chine ou Whatman, contenant une double suite avant et avec la lettre. Exemplaires numérotés, 130 fr. . . . net 50 fr. »
Suite des 12 dessins d'Em. Adan et un portrait gravés par Le Rat, 26 fr. . . . . net 13 fr.
Avant lettre, 40 fr. . . . . net 20 fr.
Avant toute lettre, 65 fr. . . . . net 30 fr.

— Psyché. Compositions d'Emile Lévy, gravées à l'eau-forte par Bouteliè. 1 vol. in-16, 20 fr. net . . . . 8 fr. »
Papier de Chine ou Whatman. Exemplaires numérotés. . . . . net 18 fr. »
Suite des 5 planches, 5 fr. . . . . net 2 50
Avant lettre, 8 fr. . . . . net 4 fr.

LAMARTINE. Graziella. 6 dessins de Bramtot, gravés par Champollion. 1 vol. in-8 écu sur papier Whatman. Exemplaire numéroté, contenant une double suite des gravures avant et avec la lettre, 50 fr. . . . . . net 20 fr. »
Tirage in-8 sur papier vélin de Hollande, 42 fr. net . . . . 13 fr. 75
Sur papier Whatman ou Chine avec une double suite avant et avec la lettre. Exemplaire numéroté, 84 fr. . . . . net 40 fr. »

Suite des 6 dessins et un portrait, 18 fr . . . net 9 fr.
Avant lettre, 30 fr. . . . . net 15 fr.
Avant toute lettre, 45 fr. . . . . net 22 fr.
Avant toute lettre sur Japon, 60 fr. . . . . . net 30 fr.
En premier état sur Japon, 140 fr. . . . . . net 65 fr.

LAMARTINE. Jocelyn, illustré de 9 dessins de Besnard, gravés par de Los Rios. 1 vol. in-8 raisin, numéroté sur pap. de Holl., 50 fr. net 15 fr. 75
Sur papier Whatman, avec une double suite des gravures avant et avec la lettre. Exemplaire numéroté, 100 fr. . . . . net 40 fr. »
Suite des 9 dessins de Besnard, 22 fr. . . . . net 10 fr.
Avant lettre, 35 fr. . . . . net 16 fr.
Avant toute lettre, 50 fr. . . . . net 22 fr.
Avant toute lettre sur Japon, 65 fr. . . . . . net 30 fr.
En premier état sur Japon, 175 fr. . . . . . net 60 fr.

LE SAGE. Le diable boiteux. Belle édition ornée de 9 charmantes eaux-fortes de Lalauze. 2 vol. in-16, 30 fr. . . . . net 7 fr. 50
Papier de Hollande in-8, 50 fr. net 20 fr. »
Papier de Chine. Exemplaire numéroté contenant une double suite avant et avec la lettre, 60 fr. . . . . net 25 fr. »
Suite des 9 planches, 18 fr . . . . net 8 fr.
Avant lettre, 30 fr. . . . . net 13 fr.
Avant toute lettre, 45 fr. . . . . net 20 fr.

LOUVET. Les amours du chevalier de Faublas, édition illustrée de 15 dessins de P. Avril et d'un portrait, gravés par Monziès, 5 vol. in-16, 60 fr. . . . . net 15 fr. »
Tirage sur papier de Hollande, 95 fr, net. . . . . 40 fr. »
Papier Whatman ou Chine, exemplaires numérotés, avec une double suite des gravures avant et avec la lettre, 180 fr. . . . . net 75 fr. »
In-8, papier Whatman ou Chine. Exemplaires numérotés avec une double suite de gravures avant et avec la lettre, 190 fr. . . net 85 fr. »
Suite des 15 dessins de P. Avril et un portrait, 32 fr. net. . . . . 15 fr.
Avant lettre, 50 fr. . . . . net 20 fr.
Avant toute lettre, 75 fr. . . . . net 30 fr.
Avant toute lettre sur Japon, 100 fr. . . . . net 45 fr.
En premier état sur Japon, 200 fr. . . . . . net 90 fr.

MONTESQUIEU. Lettres persanes, illustrées de 8 dessins de Ed. de Beaumont et un portrait gravés par Boilvin, 2 vol. in-16, 30 fr. net. . . . . 15 fr. »
Suite des 8 dessins de Ed. de Beaumont, 20 fr. net 10 fr.
Avant lettre, 35 fr. . . . . net 15 fr.

MUSSET (Alfred DE). Théâtre. Superbe édition ornée des dessins de Ch. Delort, gravés par Boilvin, vol. in-8 écu, sur papier Whatman contenant une double suite des gravures avant et avec la lettre. Exemplaire numéroté, 200 fr. net. . . . . 95 fr. »
Tirage in-8 raisin, papier vélin de Hollande, 180 fr. . . . . net 54 fr. »
Sur papier de Chine ou Whatman contenant une double suite des gravures avant et avec la lettre. Exemplaires numérotés, 360 fr. net . . . . 165 fr. »
Suite des 16 desseins de Ch. Delort gravés par Boilvin, 45 fr. . . . . net 22 fr.
Avant lettre, 65 fr. . . . . net 32 fr.

NADAUD. Chansons, jolie édition illustrée de 12 jolies eaux-fortes de Ed. Morin. 3 vol. in-16, 40 fr. . . . . net 10 fr. »
In-8 sur papier de Hollande. Exemplaire numéroté, 65 fr. . . . . net 25 fr. »
12 planches de E. Morin, 24 fr. . . . . net 10 fr.
Avant lettre, 36 fr. . . . . net 15 fr.
Avant toute lettre, 40 fr. . . . . net 18 fr.
Avant toute lettre sur Japon, 55 fr. . . . . . net 25 fr.

Pièces de Molière (Les). Dessins de L. Leloir gravés par Champollion. Notices et notes par A. Vitu et Monval. 30 vol. in-16, net 400 fr. »
Exemplaire numéroté sur papier du Japon, contenant une triple suite des eaux-fortes avec lettre, avant lettre et avant lettre avec remarque.

Quinze joyes de mariage (Les). Belle édition ornée de 24 eaux-fortes de Lalauze. 1 vol. in-16. 30 fr. . . . . net 15 fr. »
In-8 sur papier de Hollande. Exemplaire numéroté, 50 fr. . . . . net 25 fr. »

Suite des 21 planches de Lalauze, 20 fr. . . . net 10 fr.
Avant toute lettre, 35 fr. . . . . net 15 fr.
Avant toute lettre sur Chine, 45 fr. . . . . . net 20 fr.

ROUSSEAU (J.-J.). Confessions, 4 vol. in-16. illustrés de 13 eaux-fortes de Hédouin, 50 fr. net. . . . . 25 fr. »

Suite des 13 planches de Ed. Hédouin, 30 fr. net 15 fr.
Avant lettre, 45 fr. . . . . net 20 fr.
Avant toute lettre, 75 fr. . . . . net 35 fr.

— **La nouvelle Héloïse,** magnifique édition illustrée par Hédouin, Toussaint et Lalauze, 6 vol. in-16, 45 fr. . . . . net 13 fr. 50
Papier de Chine, contenant une double épreuve des gravures avant et avec la lettre, 90 fr. net. . . . . 45 fr. »
Tirage in-8 sur papier de Hollande, 72 fr. net. . . . . 35 fr. »
Papier de Chine ou Whatman avec une double épreuve des gravures avant et avec la lettre. Exemplaires numérotés, 144 fr. net 65 fr. »

Suite des 19 planches par Hédouin, Toussaint et Lalauze, 25 fr. . . . . net 12 fr.
Avant lettre, 35 fr. . . . . net 17 fr.
Avant toute lettre, 55 fr. . . . . net 25 fr.
Avant toute lettre sur Japon, 70 fr. . . . . . net 30 fr.
En premier état sur Japon, 225 fr. . . . . . net 100 fr.

SCARRON. Le roman comique. Charmante édition illustrée de 10 eaux-fortes de Flameng. 3 vol. in-16, 35 fr. . . . . net 12 fr. 50
Papier de Chine, gravures avant et avec la lettre, 70 fr. . . . . net 35 fr. »
Tirage in-8 sur papier de Hollande, 60 fr. net. . . . . 30 fr. »
Papier de Chine, avec une double épreuve des gravures avant et avec lettre Exempl. numéroté, 120 fr. . . . . net 60 fr. »

Suite des eaux-fortes, 30 fr. . . . . net 10 fr.
Avant lettre, 30 fr. . . . . net 15 fr.
Avant toute lettre, 45 fr. . . . . net 20 fr.
En premier état sur Japon, 140 fr. . . . . . net 60 fr.

SILVIO PELLICO. Mes prisons. Édition ornée de 7 dessins de Bramtot, gravés par Toussaint. 1 vol. in-16, 20 fr. . . . . net 7 fr. »
Tirage in-8 sur papier de Hollande, 35 fr. net. . . . . 16 fr. »
Sur papier de Chine ou Whatman avec une double épreuve des gravures avant et avec lettre. Exemplaires numérotés, 70 fr. . net 30 fr. »

Suite des 6 dessins et un portrait, 15 fr. . . net 7 fr. »
Avant lettre, 24 fr . . . . net 12 fr. »
Avant toute lettre, 36 fr. . . . . net 17 fr. »
Avant toute lettre sur Japon, 45 fr. . . . . . net 22 fr. »
En premier état sur Japon, 100 fr. . . . . . net 45 fr. »

STRAPAROLE. Les facétieuses nuits. Charmant ouvrage illustré de 14 dessins de J. Garnier, gravés à l'eau-forte par Champollion. 4 vol. in-16, 45 fr. . . . . net 22 fr. 50
Tirage in-8, papier de Hollande, 75 fr. net. . . . . 37 fr. 50

Suite des 14 dessins de J. Garnier, 30 fr. . net 15 fr.
Avant lettre, 45 fr. . . . . net 20 fr. »
Avant toute lettre, 70 fr. . . . . net 30 fr. »
Avant toute lettre sur Japon, 90 fr. . . . . . net 40 fr. »
En premier état sur Japon, 175 fr. . . . . . net 75 fr. »

TASSE. L'Aminte. Édition ornée des dessins de Ranvier, gravés à l'eau-forte par Champollion. 1 vol. in-16, papier de Hollande, 20 fr. net. . . . . 5 fr. »
Papier de Chine ou Whatman, 40 fr. net. . . . . 18 fr. »

Suite des 5 dessins de Ranvier, 5 fr. . . . . net 2 fr. 50
Avant lettre, 8 fr. . . . . net 4 fr. »

THÉOCRITE. Les Idylles. Charmante édition, ornée des compositions d'Em. Lévy, gravées à l'eau-forte par Champollion. 1 vol. in-16, papier de Hollande, 20 fr . . . . net 15 fr. »
Sur papier de Chine ou Whatman. Exemplaires numérotés, 40 fr. . . . . net 18 fr. »

Suite des 5 dessins d'Em. Lévy, 5 fr. . . . net 2 fr. 50
Avant lettre, 8 fr. . . . . net 4 fr. »
En premier état sur Japon, 40 fr. . . . . . net 20 fr. »

VOLTAIRE. Romans. Édition ornée de 12 eaux-fortes de Laguillermie. 5 vol. in-16 45 fr. net. . . . . 22 fr. 50

Suite des 12 planches de Laguillermie. 25 fr. net 12 fr. »
Avant lettre, 40 fr. . . . . net 20 fr. »
Avant toute lettre, 65 fr. . . . . net 32 fr. »
Avant toute lettre sur Japon, 80 fr. . . . . . net 35 fr. »

ZOLA (Émile). Une page d'amour. Édition ornée de 10 dessins de Ed. Dantan et un portrait par Duvivier. 2 vol. in-8 écu. Papier de Chine ou Whatman, exemplaires numérotés, contenant une double des gravures avant et avec la lettre, 90 fr. . . . . net 40 fr. »
In-8, raisin sur papier vélin de Hollande 75 fr. . . . . net 27 fr. »
Papier Whatman avec gravures avant et avec la lettre. Exemp. numérotés. 150 fr. net 65 fr. »

Suite des 10 dessins de Dantan, 28 fr. . . . net 13 fr.
Avant lettre, 40 fr. . . . . net 18 fr.
Avant toute lettre, 60 fr. . . . . net 25 fr.
Avant toute lettre sur Japon, 80 fr. . . . . . net 35 fr.

OUVRAGES COMPLÈTEMENT ÉPUISÉS

Il ne nous reste qu'un seul exemplaire de ces ouvrages

BARBEY D'AUREVILLY. Le chevalier des Touches. Dessins de J. Le Blant, gravés par Champollion. 1 vol. in-8 raisin sur papier de Hollande. 45 fr, net . . . . 24 fr. 25
Le même ouvrage pet. in-8. . . . net 18 fr. »

Suite des 6 dessins de J. Le Blant et portrait gravé par Champollion, 20 fr. . . . . net 10 fr.
Avant la lettre, 30 fr. . . . . net 15 fr.
Avant toute lettre, 50 fr . . . . net 25 fr.

BRILLAT-SAVARIN. Physiologie du goût. 2 jolis volumes in-16. illustrés de un portrait et de 52 charmantes eaux-fortes de Lalauze, net . . . . 60 fr. »
Un des plus rares et des plus beaux ouvrages publiés par la Librairie des Bibliophiles.

Suite des 52 eaux-fortes de Lalauze, 50 fr. . . net 25 fr.
Épreuves avant toute lettre, 100 fr. . . . . . net 50 fr.

BOCCACE. Les dix journées, traduction de Le Maçon, notices et notes par P. Lacroix, 4 jolis vol. in-16 ornés de 11 charmantes eaux-fortes de Flameng, très bonne reliure d'amateur avec coin, net . . . . 35 fr »

Cent nouvelles nouvelles avec notices, notes et glossaire par P. Lacroix. 10 fascicules in-16, net . . . . 50 fr. »
Charmante édition contenant une suite des dessins de J. Garnier, gravés à l'eau-forte par Lalauze et une des dessins reproduits par l'héliogravure.

Suite des 10 dessins de Garnier, reproduits en héliogravure ou gravés à l'eau-forte par Lalauze, 20 fr . . . net 10 fr.
Avant lettre, 30 fr . . . . net 15 fr.

CHEVIGNÉ. Les contes rémois. Dessins de J. Worms, gravés à l'eau-forte par Rajon. 1 vol. in-16, net . . . . 25 fr. »
In-8, papier de Hollande, relié amateur Exemplaire numéroté . . . . net 50 fr. »

Suite des dessins de J. Worms, 14 fr. . . . . net 7 fr.
Avant lettre, 22 fr . . . . net 11 fr.
Avant toute lettre, 40 fr . . . . net 20 fr.

OUVRAGES DE BIBLIOTHÈQUES

AUGIER (Emile). **Théâtre complet et Œuvres diverses.** 7 vol. in-12. Belle reliure, tête dorée, au lieu de 45 fr. . . . . net 35 fr. »
— Le même ouvrage, demi-rel., tranches jaspées. . . . . net 27 fr. »
AUTEURS COMIQUES. (Chefs-d'Œuvre). Scarron, Montfleury, La Fontaine, Marivaux, etc. 8 vol. in-18. Belle reliure, au lieu de 36 fr. net. . . . . 24 fr. »
BARRAS. **Mémoires.** 4 vol. in-8, demi-rel. chagr. tranches jaspées. . . . . net 34 fr. »
BAUDELAIRE (Charles). **Œuvres complètes.** 7 vol. in-18. Belle rel. d'amat. . . . net 35 fr. »
BLANC (Louis). **Histoire de Dix Ans (1830-1840).** 5 vol. in-8, reliure demi-chagrin, 40 fr. net. . . . . 30 fr. »
BYRON **Œuvres complètes,** 4 vol. demi-chagrin, tranches jaspées, au lieu de 15 fr. net 12 fr. »
COOPER. **Œuvres.** Traduction Defaucompret. 30 vol. in-8, ornés de jolies grav. d'après les dessins d'Alfred et Tony Johannot. Belle reliure en chagrin, au lieu de 175 fr. net. . . . . 120 fr. »
CRÉQUY (Marquise de). **Souvenirs 1718-1803.** 5 vol in-18 avec 10 portraits sur acier, demi-chag. net. . . . . 15 fr. »
Chronique de l'Œil-de-Bœuf, par Touchard-Lafosse. 8 vol. in-18, demi-rel., tranches jaspées. net . . . . 25 fr. »
DANRIT (Capitaine). **La guerre de demain.** 8 vol. in-18, demi-rel. chag. . . . . . net 35 fr. »
D'ABRANTES (Duchesse). **Mémoires,** souvenirs historiques sur Napoléon, la Révolution, le Directoire, le Consulat, l'Empire et la Restauration. 10 vol. in-18, demi-rel. tranches jaspées. . . . . net 42 fr. 50
DELORD (Taxile). **Histoire du Second Empire** 6 vol. in-8, relié solidement, demi-chagrin, net. . . . . 45 fr. »
DURUY (V.). **Histoire des Romains,** depuis les temps les plus reculés jusqu'à l'invasion des Barbares. 7 vol. in-8 jésus, contenant 50 planches en chromolithographie, 40 cartes et plans et 3.453 gravures. Reliure amateur ou reliure plaque. . . . . net 190 fr. »
DURUY (V.). (Suite). **Histoire des Grecs,** depuis les temps les plus reculés jusqu'à la réduction de la Grèce en province romaine. 3 vol. in-8 jésus, contenant 14 planches en chromolithographie, 2.200 gravures et 30 cartes ou plans. Reliure plaq. ou rel. d'amateur. net 83 fr. »
DU CAMP (Maxime). **Paris, ses Organes, ses Fonctions, sa Vie.** 6 vol. in-12 (Hachette). Reliure amateur. tête dorée, au lieu de 38 fr. net 30 fr. »
— Les Convulsions de Paris. 4 vol. in-12, reliure amateur. tête dorée, 25 fr. . . net 18 fr. »
DUMAS (fils). **Théâtre.** 8 vol. reliure amateur, tête dorée. . . . . net 40 fr. »
— Le même ouvrage, demi-reliure, tranches jaspées. . . . . net 31 fr. »
FEUILLET (Octave). **Théâtre complet.** 7 vol. in-18. Rel. d'amat., tête d'or. . . . . net 35 fr. »
FLAUBERT. **Œuvres** (édition Charpentier). 7 vol. in-18 rel. d'amat., tête dorée. net 35 fr. »
GALIANI (l'abbé). **Lettres à Madame d'Epinay.** Voltaire. Diderot, etc. Notice par E. Asse, 2 vol. in-18. demi-rel. chag., 12 fr. . . net 7 fr. »
GALLAND. **Les Mille et une Nuits** (Contes arabes). 3 vol. in-18, demi-rel. chag. au lieu de 15 fr. net. . . . . 9 fr. »
GERVINUS (G.-G.). **Histoire du XIXᵉ siècle,** depuis les traités de Vienne. 23 vol. in-8, belle rel. 184 fr. . . . . net 110 fr. »
GONDINET (Edmond). **Théâtre complet.** 5 vol. in-12. Jolie reliure d'amateur, tête dorée. Au lieu de 37 fr. 50. . . . . . . net 25 fr. »
GUIZOT. **L'Histoire de France,** depuis les temps les plus reculés jusqu'en 1848, racontée à mes

petits-enfants. 7 vol. in-8 jésus avec 645 gravures, d'après les dessins d'A. de Neuville, etc. Rel. amateur ou rel. plaque, net 150 fr. »
GRIMM, DIDEROT, RAYNAL et MEISTER. **Correspondance littéraire, philosophique et critique** (Garnier). 16 vol. in-8, demi-rel. chag. tranches jaspées, 160 fr. . . . . . net 115 fr. »
GROTE (G). **Histoire de la Grèce.** Traduction A.-L. de Sadous. 19 vol. in-8 (ouvrage couronné par l'Académie française). Belle reliure, 150 fr. net. . . . . 90 fr. »
HAUSSMANN. **Mémoires.** La Restauration. Gouvernement de Juillet. République de 1848. Le Coup d'Etat. L'Empire. Les grands travaux de Paris. 3 vol in-8, demi-rel. papier de Hollande. Au lieu de 60 fr. . . . . net 30 fr. »
HUGO (Victor). **Œuvres,** (Edition Hetzel-Quantin, ne varietur). 48 vol. in-8, demi-rel. chag au lieu de 483 fr. . . . . net 350 fr. »
— **Poésies complètes.** 20 vol. in-18, reliés en 10 vol. Superbe reliure. d'amat. tête dorée net. . . . . 50 fr. »
— **Théâtre complet.** 10 vol. in-18, reliés en 5 vol. Belle rel. d'amat., tête dorée. . net 25 fr. »
— **Les Misérables.** 8 vol. in-18, reliés en quatre, rel. amat., tête dorée, 30 fr. . . . . 20 fr. »
LABICHE (E). **Théâtre complet,** avec une préface par Emile Augier. 10 vol. in-12, belle reliure, tête dorée, au lieu de 60 fr. net. . . . . 45 fr. »
Le même, demi-rel. tr. jaspées, au lieu de 50 fr. . . . . net 38 fr. »
LAMARTINE (Alph. de). **Histoire des Girondins.** 6 vol. in-12, belle rel. tête dorée, au lieu de 38 fr. . . . . net 30 fr. »
— **Œuvres.** 10 vol. Bibl. Lemerre. Belle rel. d'amateur, coins. Au lieu de 90 fr. . net 70 fr. »
LAURENT (Fr.). **Histoire du Droit des Gens.** Etude sur l'histoire de l'humanité. 18 vol. gr. in-18, belle rel. demi-chagrin, 209 fr., net 125 fr. »
LAVALLÉE. **Histoire des Français,** depuis les Gaulois jusqu'à nos jours. 6 vol. in-12, jolie reliure, tête dorée, 35 fr. . . . net 30 fr. »
LAS CASES. **Le Mémorial de Sainte-Hélène.** 4 vol. demi chagrin, tranches jaspées. net 18 fr. »
MARTIN (Henri). **Histoire de France populaire** des origines à nos jours. 7 vol. in-4, bonne demi-rel., au lieu de 100 fr. . net 65 fr. »
— Histoire de France depuis les temps les plus reculés jusqu'à nos jours. 25 vol. in-8, ornés de 75 grav. sur acier, demi-rel., tr. jaspées. net. . . . . 165 fr. »
MICHELET. **Histoire de France.** (Edition définitive). 16 beaux volumes in-8. Belle reliure chagrin, tranches jaspées. 160 fr. . . . net 110 fr. »
— Histoire de la Révolution française, (édition définitive) 7 vol. in-8 demi-rel. chagrin, tr. jaspées. . . . . net 48 fr. »
MOINEAUX (Jules). **Les Tribunaux comiques.** 6 vol. illustrés, demi-chagrin, tranches jaspées, au lieu de 40 fr. . . . . net 30 fr. »
MOLIÈRE. **Œuvres complètes.** 3 vol. in-18, demi-chagrin. Tranches jaspées. . . net 9 fr. »
La même édition avec 39 dessins de Moreau, reliure d'amateur. . . . . net 16 fr. »
— **Théâtre.** 8 vol. in-18 ornés de dessins de Leloir. Rel. d'amateur. . . . . net 90 fr. »
MOMMSEN. **Histoire romaine.** 7 vol. in-18, belle rel. demi-chag. . . . . net 30 fr. »
MONTAIGNE. **Œuvres.** 4 vol. in-12, demi-chagrin, tr. jasp., au lieu de 20 fr . . . . net 12 fr. »
MOTLEY. **La Révolution des Pays-Bas.** 6 vol. in-18. reliure demi-chagrin, au lieu de 30 fr. net . . . . 25 fr. »
MOTTEVILLE. **Mémoires sur Anne d'Autriche et sa Cour.** 4 vol in-18, demi-rel. chag., tr. jaspées, au lieu de 20 fr. . . . . . net 12 fr. »

Ouvrages de Bibliothèques (suite).

MUSSET (Alfred DE) Œuvres complètes. 10 vol. in-8, 28 dessins de Bida, gravés sur acier, reliure amateur, tête dorée, au lieu de 150 fr. net. . . . . 90 fr. •
— Œuvres complètes. 10 vol. in-18. reliure amateur, tête dorée, 60 fr. . . . . . 45 fr. »
— La même édit., demi-rel., tranches iaspées net . . . . net 38 fr. »
— Œuvres complètes. (Edit. populaire). Un volume grand in-8 de 800 pages, 28 dessins de Bida, gravés sur acier, rel. amat., tête dorée, coins. . . . . net 24 fr. 50
— La même édition, avec 12 gravures, y compris le portrait, 1 vol. grand in-8 de 800 pages, belle reliure, tête dorée. . . . . . . net 17 fr. 50
— La même édition, sans gravure, demi-rel., net. . . . . 12 fr. 75

NISARD. Histoire de la Littérature française. 4 vol. in-12. rel. ama'eur, tête dorée. net 22 fr. »

PLATON. Œuvres. 10 vol. in-12, demi-chagrin, tr. jaspées, au lieu de 55 fr. . net 30 fr. »

PLUTARQUE. Vie des hommes illustres. 4 vol. in-18, demi-rel., tranches jaspées, au lieu de 25 fr. net. . . . . 12 fr. »

PROUDHON. Correspondance. 14 vol. in-8, demi-rel. chagrin, tranches jaspées. net 50 fr. »

REGNAULT (Elias). Histoire de Huit Ans. 3 vol. in-8, bonne demi-reliure, au lieu de 25 fr. net. . . . . 18 fr. »

RETZ (Cardinal DE). Mémoires. 4 vol. in-18, demi-rel., tr. jasp., au lieu de 20 fr. net 12 fr. •

SAINT-MARC GIRARDIN. Cours de Littérature dramatique. 5 vol. in-12, jolie reliure demi-chagr. tête dor., au lieu de 35 fr. net 25 fr. »

SAINT-SIMON (Duc DE). Mémoires. 22 vol. in-18, demi-rel. chagrin, tranches jaspées, au lieu de 150 fr. . . . . net 100 fr. »

SÉVIGNÉ (Mme DE). Lettres. 6 vol. in-18, demi-rel. chagr., tr. jaspées. . . . . . . net 18 fr. »

SHAKESPAERE. Œuvres complètes (traduction François-Victor-Hugo, avec une introduction de Victor Hugo). 18 vol. (Pagnerre). Belle reliure, tranches jaspées, au lieu de 125 fr. net. . . . . 75 fr. »
— Le même ouvrage (trad. Benjamin Laroche). 6 vol in-18, demi-rel. chagr., tr. jaspées, au lieu de 30 fr. . . . . net 18 fr. »

STENACKERS. Histoire du Gouvernement de la Défense nationale en province (1870-1871). 3 vol. in-18, demi-rel. chagr. 15 fr. . net 12 fr. »

TAINE. Littérature anglaise. 5 vol. in-12, rel. d'amateur, au lieu de 30 fr. . . net 25 fr. »
— Origines de la France contemporaine. Ancien régime. Révolution. Régime moderne. 6 vol in-8. Reliure demi-chagr. . . . net 55 fr. •

TALLEMANT DES RÉAUX. Historiettes, Mémoires pour servir à l'histoire du XVII° siècle. 5 vol. in-8, avec portraits, rel. amateur, tête dorée. . . . . 25 fr. »

THIERS (A). Histoire de la Révolution française. 10 vol. in-8, pap. vélin glacé, orné de 35 grav. sur acier. Belle reliure, 80 fr. . net 60 fr. »
— Histoire du Consulat et de l'Empire. 21 vol. in-8, illustrés de 75 belles gravures sur acier Belle rel. demi-chagr. 165 fr. net 125 fr. »
Le même ouvrage, édition populaire, 7 vol. rel. net . . . . 75 fr. »

THIERRY (Augustin). Œuvres. 10 vol. in-18 demi-chagr.. au lieu de 40 fr. . . . . net 30 fr. »

TITE-LIVE Œuvres. 4 vol., demi-rel. net 12 fr. »

WALTER-SCOTT, Œuvres (traduction Defauconpret). 30 vol. in-8, demi-reliure, tranches jaspées. . . . . net 120 fr. »

BIBLIOTHÈQUE LITTÉRAIRE

(Collection Lemerre, format in-16)

Chaque vol. : broché. . . . . . . net 4 50
— reliure d'amateur. . net 6 50

BRIZEUX. Œuvres. . . . . 4 vol.
COPPÉE. Poésies. . . . . 5 vol.
— Théâtre. . . . . 5 vol.
— Prose. . . . . 5 vol.
RACINE. Œuvres . . . . 5 vol.

Chaque vol. : broché. . . . . . . net 5 25
— reliure d'amateur. . net 7 »

BANVILLE. Œuvres. . . . . 9 vol.
BARBEY D'AUREVILLY. Œuvres . . . 12 vol.
BEAUDELAIRE. Œuvres. . . . . 7 vol.
BOURGET. Œuvres. . . . . 5 vol.
DAUDET. Œuvres. . . . . 18 vol.
FLAUBERT. Œuvres. . . . . 10 vol.
GAUTIER. Œuvres. . . . . 10 vol.
HÉRÉDIA. Les Trophées. . . . . 1 vol.
HUGO. Poésies. . . . . 17 vol.
— Théâtre. . . . . 4 vol.
LAMARTINE. Œuvres. . . . . 14 vol.
LECONTE de LISLE. Œuvres. . . . . . 3 vol.
MUSSET. . . . . 10 vol.
SULLY-PRUDHOMME. Œuvres. . . . . 5 vol.
THEURIET. Œuvres. . . . . 6 vol.

LES CONTEURS DU XVIIIᴇ SIÈCLE

SUPERBES VOLUMES ILLUSTRÉS DE DESSINS ET PORTRAITS

10 volumes in-18   Net . . . . . **35 FRANCS**

Riche Reliure d'Amateur.

Ces volumes sont réunis dans une gaine et se composent des œuvres suivantes :
CREBILLON. Le Sopha, 2 vol. — BESENVAL. Le Spleen, 1 vol. — DUCLOS. Histoire de Mme de Lutz. 1 vol. — CAYLUS. Histoire de M. Guillaume Cocher. — PREVOST. Histoire d'une Grecque moderne, 2 vol. — PREVOST. Manon Lescaut, 2 vol. — DULAURENS. Imirce ou la Fille de la nature, 1 vol.

SOLDE

Albums-Portefeuille renfermant les sujets les plus intéressants du MUSÉE DE VERSAILLES

Toutes ces planches finement gravées sur acier sont réunies en albums, titre en or,
format 36×39. Chaque Album, au lieu de 20 et 25 fr. net **3 95**

BATAILLES ET COMBATS

De Clovis à Charles VI, 32 planches.
Philippe le Bel à Charles VIII, 26 planches.
Règnes de Louis XII à Louis XIII, 41 planches.
Règnes de Louis XIV, 42 planches.
Règnes de Louis XV et Louis XVI, 29 planches.
Campagnes de la République, 1792-1793, 23 planches.
    — 1794-1795, 24 —
Campagnes du Consulat, 30 planches.
Campagnes d'Espagne et d'Autriche, 1808-1810, 33 pl.
Règnes de Louis XVIII et Charles X, 1814-1828, 16 pl.
Règne de Louis-Philippe, 1830-1840, 34 planches.
Combats maritimes de 1325 à 1694, 35 planches.
— — de 1696 à 1800, 34 planches.
— — de 1801 à 1845, 34 planches.

PRINCIPAUX FAITS

De 496 à 1270, 31 planches.
De 1304 à 1579, 31 —
De 1594 à 1670, 32 —
De 1672 à 1684, 35 —
De 1685 à 1712, 34 —
De 1714 à 1719, 35 —
De 1792 à 1794, 36 —
De 1795 à 1796, 35 —
De 1797 à 1799, 51 —
De 1800 à 1803, 31 —
De 1804 à 1805, 35 —
De 1806 à 1807, 30 —
De 1808 à 1811, 31 —
De 1812 à 1823, 32 —
De 1824 à 1832, 39 —
De 1832 à 1840, 33 —

Album de 20 batailles, de 1801 à 1845.
Châteaux et Résidences princières, 41 planches.
Intérieurs du château de Versailles, 27 planches.
Les 12 mois de l'année, album de 12 planches.
Plafonds et dessus de portes du château, 13 planches.
Souvenir d'une promenade à Versailles, principales
vues, 31 planches. Album broché.

ARMOIRIES DE LA SALLE DES CROISADES

Splendide album comprenant près de 600 blasons, reproduits
en or, argent et couleurs. 28 planches réunies en carton-por-
tefeuille. Au lieu de 80 fr.. net : **15 fr.**

PERSONNAGES ILLUSTRES

Portraits en pied ou en buste

Rois de France, 511 à 1316, 36 planches.
— — 1322 à 1830, 34 —
Rois, Princes et Nobles, 511 à 1467, 30 planches.
— — — 1472 à 1636, 31 —
— — — 1639 à 1842, 30 —
Reines, Princesses et femmes nobles, 869 à 1746, 29 planches.
Connétables, 1061 à 1621, 23 planches.
Cardinaux et Évêques, 512 à 1618, 25 planches.
— — 1622 à 1839, 22 —
Hommes d'État, 1104 à 1660, 31 planches.
— — 1685 à 1840, 31 —
Amiraux, 35 planches.
Femmes illustres, 1639 à 1681, 27 planches.
Généraux et Hommes de Guerre, 1097 à 1596, 28 planches.
Généraux et Hommes de Guerre, 1613 à 1800, 28 planches.
Généraux et Hommes de Guerre, 1804 à 1841, 26 planches.
Hommes illustres, 1191 à 1526, 25 planches.
— — 1321 à 1642, 25 —
— — 1589 à 1830, 20 —
— — 1650 à 1701, 26 —
— — 1782 à 1841, 23 —
Maréchaux, 1591 à 1592, 37 planches.
— 1594 à 1675, 40 —
— 1692 à 1702, 39 —
— 1756 à 1791, 38 —
— 1792 à 1804, 32 —
— 1805 à 1848, 33 —
Peintres, Sculpteurs et Artistes célèbres, 1520-1627, 40 planches.
Peintres, Sculpteurs et Artistes célèbres, 1700-1840, 22 planches.
Rois, Reines et Princes étrangers, 1058-1803, 26 planches.
Rois, Reines et Hommes célèbres étrangers, 1582-1783, 20 planches.
Rois, Princes et Hommes célèbres étrangers, 1725-1840, 27 planches.
Reines, Princesses et Femmes nobles étrangères, 1383-1840, 32 planches.

25 Dessins en Couleurs de François BOUCHER

Très belles épreuves avant lettre

Magnifique album in-folio. . . . . au lieu de 150 fr., net 30 »
  — — — exemplaire sur Chine. . . . . — 250 — — 50 »

LE GRAND BOUCHER

8 pièces en couleurs

Les trois grâces, La poésie épique, Poésie lyrique, L'Histoire, L'Astronomie, Les Portraits de Mesdames Boucher
et Beaudoin, L'éventail du Docteur Plogé.
Ces superbes épreuves réunies en carton portefeuille, format in-folio, au lieu de 200 fr. net 40 »

LE SALON

DE

M. LE C^{TE} DE LA BÉRAUDIÈRE

Cet album spécialement consacré à la décoration se compose de 54 aquarelles en couleurs. *La Toilette de Vénus*, avec son cadre, *deux attributs trois écrans, un canapé et
vingt-quatre motifs pour fauteuils*, d'après les peintures de François Boucher.
Cet ouvrage, très bien exécuté, est indispensable à tous ceux qui s'occupent de la
décoration des appartements, en donnant un aperçu du goût délicat apporté dans un
ameublement du XVIIIe siècle. Ces planches sont la reproduction exacte du salon de
M. le comte de la Béraudière, qui a été vendu 150 000 francs à une famille américaine.
Magnifique ouvrage en carton, tiré à petit nombre.
Au lieu de 250 francs. . . . . net 40 fr.

DICTIONNAIRES

BARRAL. Dictionnaire d'agriculture. encyclopédie agricole, les cultures, l'élevage, les exploitations agricoles, l'hygiène rural, etc., 4 vol. in-8, broché . . . . net 80 fr. »
relié chagrin, tranches rouges. net 94 fr. •
BESCHERELLE. Dictionnaire National, répertoire encyclopédique, nombreuses vignettes, 4 vol. in-4. demi-reliure, tranches jaspées, au lieu de 120 fr. . . . . net 90 fr. »
BELEZE. Dictionnaire universel de la vie pratique à la ville et à la campagne, 1 vol. grand in-8, broché . . . . net 18 fr. 40
relié chagrin, plats toile, tranches jaspées net . . . . 22 fr. 45
BOUILLET. Dictionnaire universel d'histoire et de géographie et mythologie, 1 vol. grand in-8, broché . . . . net 18 fr. 40
demi-reliure chagrin, plats toile, tranches jaspées . . . . net 22 fr. »
— Dictionnaire universel des sciences, des lettres et des arts, 1 vol. grand in-8, br. net 18 fr. 40
demi-reliure chagrin, plats toile, tranches jaspées . . . . net 22 fr. »
BOURSIN et CHALLAMEL. Dictionnaire de la Révolution Française, institutions, hommes et faits, 1 fort vol. de 959 pages à deux colonnes, broché . . . . net 13 fr. »
relié . . . . net 17 fr. 50
BOUANT. Dictionnaire manuel illustré des connaissances, pratiques, hygiène, médecine pratique, économie domestique, jardinage, pêche, cuisine, recettes pratiques, législation, etc., etc. 1600 gravures, 744 pages, 1 vol. in-18, cartonné . . . . net 5 fr. 25
— Dictionnaire manuel illustré des sciences usuelles, astronomie, mécanique, chimie, biologie, anatomie, zoologie botanique, géologie. médecine, agriculture, industrie, 2500 gravures, 807 pages, 1 vol. in-18, cartonné net 5 fr. 25
CADET. Dictionnaire usuel de législation, comprenant les éléments du droit civil, commercial, industriel, maritime, criminel, administratif, etc. 1 vol. in-8, cartonné. 1080 pages de texte . . . . net 6 fr. 75
DESCUBES. Nouveau dictionnaire d'histoire et de géographie publié par une société de professeurs, géographes, etc. 2 forts vol grand in-8, net . . . . 22 fr. »
relié en demi-chagrin, plats toile, net 30 fr. 50
DUMONT. Dictionnaire d'électricité et de magnétisme, 1 vol. grand in-8 broché, net 36 fr. »
demi-reliure . . . . net 36 fr. 50
DEZOBRY et BACHELET. Dictionnaire général de biographie et d'histoire. de mythologie. de géographie, 2 forts volumes grand in-8, 3000 pages de texte, broché . . . . net 22 fr. »
demi-chagrin . . . . net 28 fr. 50
— Dictionnaire général des Lettres, des Beaux-Arts et des Sciences, 2,000 pages de texte 2 vol. in-8, brochés . . . . net 22 fr. »
demi-chagrin plats toile . . . . net 28 fr. 50
FLAMMARION (Camille) Dictionnaire encyclopédique universel. Illustré de 20.000 figures, résumant l'ensemble des connaissances humaines. (l'ouvrage formera 8 volumes) en vente tome 1 à 6 format in-8, chaque volume br. net 10 fr. 50
reliure spéciale . . . . net 14 fr. 90
GAZIER. Nouveau dictionnaire classique illustré. 19 cartes, 900 gravures, 1000 articles encyclopédiques, 1 vol. in-18. cart. . . net 2 fr. 25
GIDEL Dictionnaire illustré des écrivains et des littératures, 500 gravures, 908 pages de texte, 1 vol. in-18. cartonné . . . . net 5 fr. 25
GUÉRIN (Monseigneur). Nouveau dictionnaire universel, illustré, langue française, histoire, biographie, géographie, sciences et arts 887 pages, 800 figures, 24 cartes et 45 tableaux encyclopédiques, 1 vol. in-18, cart.. net 2 fr. 75

HAVARD. Dictionnaire de l'ameublement et de la décoration depuis le XIII° siècle jusqu'à nos jours, environ 2.400 pages, 800 gravures dans le texte et 64 grandes planches en couleurs, reliure souple à fers sur carton cuir, 4 vol. in-4 . . . . net 175 fr. »
JACQUEMART. Professions et Métiers, guide pratique pour le choix d'une carrière à l'usage des familles. Tome 1er, professions libérals. Tome 2e, professions annuelles, industrielles et commerciales, 2,000 pages de texte, 2 vol. br. format in-8.. net 17 fr. 50. Chaque vol. se vend séparément. . . . . . . net 8 fr. 75
LABARTHE. Dictionnaire populaire de médecine usuelle, d'hygiène publique et privée, illustré de 1270 figures, 2000 pages de texte, 2 forts volumes grand in-8, jésus. . . . . net 22 fr. »
reliés demi-chagrin, plats toile. net 30 fr. 50
LAMI. Dictionnaire encyclopédique de l'industrie et des arts industriels, 6350 gravures dans le texte, 9 volumes in-4, relié demi-chagrin, tranches jaspées . . . . . . : . . net 240 fr. »
LABOULAYE. Dictionnaire des arts et manufactures et de l'agriculture, 5 volumes grand-8, broché . . . . net 105 fr. »
relié chagrin, tranches jaspées net 135 fr. »
LAROUSSE. Grand dictionnaire universel, français, historique, géographique, bibliographique, artistique, etc. 17 gros volumes grand in-4, (24.500 pages), demi-reliure chagrin, tranches jaspées. . . . . net 430 fr. »
— Nouveau dictionnaire Larousse, 7 volumes en cours de publication, tome 1er br. net 22 fr. 90
demi-relié spéciale . . . . . . net 27 fr. 40
— Petit Dictionnaire Larousse, complet illustré 2500 gravures, 1.461 pages 1 vol. in-18, cartonné 3 fr. 50 . . . . net 2 fr. 75
— Nouveau dictionnaire Larousse. 1224 pages, 2000 gravures. 1 vol in-18, cart. net 2 fr. 25
LITTRÉ. Dictionnaire de la langue française. 5 vol. in-4, relié chagrin plats toile, au lieu de 136 fr. . . . . net 85 fr. »
— Dictionnaire de la langue française. Abrégé du Grand Dictionnaire. 1405 pages de texte. 1 vol. in-8, reliure toile. . . . . . net 12 fr. 45
demi-chagrin, plats toile. . . . net 14 fr. 90
SAY. Dictionnaire des Finances. 2 forts volumes broché . . . . net 80 fr. »
demi-reliure chagrin, plats toile. net 90 fr. »
— Dictionnaire d'Economie politique. 2 volumes et un supplément, broché. . . . net 52 fr. »
SOMMER. Dictionnaire des Rimes. 1 vol. in-18, cartonné . . . . net 1 fr. 75
— Petit Dictionnaire des Synonymes. 1 vol. cartonné. . . . . net 1 fr. 75
VAPEREAU. Dictionnaire universel des contemporains. 1 vol grand in-8, broché, net 30 fr. 50
relié chagrin, plats toile. . . . net 35 fr. »
— Dictionnaire universel des littératures. 1 vol. grand in-8. broché. . . . . . . net 26 fr. »
relié chagrin, plats toile . . . . net 30 fr. 50
VIVIEN DE SAINT-MARTIN. Nouveau dictionnaire de géographie universelle. 7 vol. in-4. broché net. . . . . 175 fr. »
relié chagrin, plats toile. . . . net 210 fr. »
WURTZ. Dictionnaire de chimie pure et appliquée. 10 vol. grand in-8, avec un grand nombre de figures. broché. . . . . net 160 fr. »
demi-reliure veau, plats papier. net 190 fr. »
VIOLLET-LE-DUC. Dictionnaire de l'architecture française. 10 vol. demi-rel. . . net 275 fr. »
— Dictionnaire du Mobilier. 6 vol. demi-rel. net. . . . . 275 fr. »

ATLAS

VIDAL-LABLACHE. Atlas général, historique et géographique. 420 cartes et cartons en couleurs, index de 46.000 noms. 1 vol. in-folio, relié, net. . . . . **26 »**

JUSTUS PERTHES SEE. Atlas. Atlas maritime contenant 24 cartes et 127 plans des différent: ports du monde, relié, net . . . . **3 »**

LEVASSEUR. Grand Atlas de géographie physique et politique. 160 cartes. 1 vol. in-folio, relié, net. **59.50**

NIOX (le colonel). Atlas de géographie générale. Notes statistiques, historiques et géographiques. 34 cartes. Cartes et notices réunies. 1 vol. in-folio, relié toile pleine. net. . . **51 »**

NIOX (le colonel). Petit Atlas de poche. 25 cartes et notices. Toile souple, tranche rouge, 3 fr., net. **2.50**

Atlas de poche de Gotha. 24 cartes, relié, net. **2.75**

Atlas antique. 24 cartes reliure, net. **2.95**

STIELER. Grand Atlas universel. In-folio, relié, au lieu de 95 fr., net . . . . **72 »**

   —   Atlas général. 37 cartes reliées, net. **7.20**

DUNAN Maurice, professeur au lycée Louis-le-Grand. Atlas général des cinq parties du Monde. Nouvelle édition contenant 135 leçons, 45 cartes en couleurs, net **4.90**

MELIN. Atlas historique et géographique. Spécialement établi pour les examens du baccalauréat et de Saint-Cyr. Contenant 153 cartes ou plans, net **6.50**

MELIN. Atlas historique et géographique. Spécialement établi pour les cours de l'enseignement secondaire, contenant 102 cartes ou plans (2ᵉ classique), (3ᵉ moderne), net **5.75**

   Avec 80 cartes ou plans pour la 3ᵉ classique ou 4ᵉ moderne, net . . . . **4 »**

   120 cartes ou plans, pour 6ᵉ, 5ᵉ, 4ᵉ classiques, (6ᵉ et 5ᵉ moderne), net **4.50**

SCHRADER. Atlas de géographie moderne, 524 cartes ou figures en noir, 64 grandes cartes et 53 petites cartes en couleurs, index de 40.000 noms. 1 vol. in-folio, relié, net . . . . . **22 »**

SCHRADER. Atlas de géographie historique. 55 grandes feuilles doubles, 167 cartes en couleurs. 1 vol. in-folio, relié, net **30.50**

OCCASION

Élisée RECLUS GÉOGRAPHIE UNIVERSELLE

Format grand in-8 jésus.

Chaque volume relié fers spéciaux, au lieu de 37 fr., net **18 fr.**

TOME Iᵉʳ. — L'Europe méridionale. — Grèce. — Turquie. — Pays Bulgares. — Roumanie. — Serbie. — Italie. — Espagne. — Portugal. — 6 cartes en couleurs, 174 cartes dans le texte et 73 grav. 1 vol.

TOME III. — L'Europe centrale. — Suisse. — Austro-Hongrie. — Empire d'Allemagne. — 10 cartes en couleurs, 240 cartes dans le texte et 78 vues . . . . 1 vol.

TOME IV — L'Europe du Nord-Ouest. — Belgique. — Hollande. — Iles Britanniques. — 203 cartes dans le texte. 6 cartes en couleurs et 81 vues . . . . 1 vol.

TOME V. — L'Europe scandinave et russe. — 9 cartes en coul., 200 cartes dans le texte, 76 vues. 1 vol.

TOME VI. — L'Asie russe. — Caucase. — Turkestan et Sibérie. — 8 cartes en couleurs, 182 cartes dans le texte, 89 vues . . . . 1 vol.

TOME VII. — L'Asie Orientale. — Empire chinois. — Corée — Japon. — 162 cartes, 90 vues, 1 vol.

L'ouvrage complet 19 vol. demi-reliure chagrin, tranches jaspées, au lieu de 700 fr. . net 350 fr.

GLOBES TERRESTRES ET CÉLESTES
Dressés par LEVASSEUR. PÉRIGOT, JUNG.

CIRCONFÉRENCES	Montés sur pied bois	Inclinaison sur l'écliptique, pied bois	Inclinaison sur l'écliptique, pied fonte bronzée	Demi-méridien cuivre, pied bois	Cercle et méridien
	PRIX	PRIX	PRIX	PRIX	PRIX
» 80	10 »	12 »	14 »	18 »	30 »
1 m.	15 »	17 50	18 50	24 »	40 »
1 m. 60	52 »	56 »	57 »	72 »	142 »

OCCASION

SPHÈRE TERRESTRE

Montée sur inclinaison sur l'écliptique, pied bois noir. Circonférence : 1 mètre. **13.50**

Montée sur pied de fonte, bronze. . . . . **15 »**

(Envoi franco de port et d'emballage)

PARIS. — IMP. FERD. IMBERT, 7, RUE DES CANETTES